おもろい以外いらんねん

大前粟生

河出書房新社

おもろい以外いらんねん

これはお笑いコンビ〈馬場リッチバルコニー〉が解散するまでの話。

滝場《たきば》は梅雨がダメだった。小学校高学年くらいから高二まで毎年の雨の日、きまって学校に遅刻する滝場につきそうのが俺の役目だった。

「ほんまトモヒロにいい友だちおってうれしいわあ」

朝、滝場を家に迎えにいく度におばちゃんは俺のことをほめてくれた。俺は「いい友だち」だった。

「タッキーおはよう」

「ああ……」

目やにをごしごし取って、湿気のかたまりから安心な空気を探すように滝場がいう。

滝場はみんなからタッキーと呼ばれていた。俺が最初にそう呼びはじめたことも、俺の前でだけ滝場がだらしない顔を見せるのも俺はうれしかった。

視界をちぎるように雨が降る。通学の時間を少し過ぎた道にはサラリーマンたちがおぼろげにいて、俺たちの前後で幽霊になっていた。

追いかけてくる、俺らが追いついていくあいつらの姿かたち、

「将来みたいで嫌やねんけど」

「……」

「それか親とか？　おれも大人になったら自分の子どものことほったらかすんかな」

「……」

「進路の紙なあ、なんも書くことないわ」

「……」

「将来のこと考えたら頭が圧迫されるねんけど。むかしのこともそうやわ。夢のなかでさあ自分がめっちゃでっかくなったり小さくなったりすることがあんねやけどそのときの不安な感じ。いま以外を考えるとおれはそうなってまうねん」

自販機まで滝場はほとんど返事をしない。そのあいだ、ひとりごとを反射させるみたいに俺は俺にもよくわかっていないことを滝場に話す。シャキッとするまでの滝場が好きだ。

おっさんが「イマだけ１００円！」といってる全体が色褪せたミニ看板がついている、どこのメーカーのものかだれも知らない自販機があった。梅雨の滝場はそこでブラックコーヒ

ーを買う。

「あー……」

ゾンビみたいな動作で百円玉を入れて出てきた缶コーヒーを開け、ブツンとなにかが切れた音を立ててひと口飲む。滝場の喉ぼとけが歯車みたいにごろっとする。

「はあーー」

滝場はため息をついて、

「なんでこんな毎日これマズいねん」

ヒャヒャッと笑う。

「咲太《さくた》も飲む？」

「いらんけど」

「重油やわこれ」

「そんなわけあるかァ」

滝場がコーヒーをなにかにたとえて俺がツッコむというノリを俺らは毎日のようにしていた。俺は「そんなわけあるか」の口調をその都度微妙に変えていた。今日のは余韻を残すようにいってみた。

滝場はうれしかったみたいで、雨が鎖みたいに流れてくる学校への坂道を上りながら、からだごとふらふら傘の円周をぶつけてきた。

俺もぶつかり返す。何度かそれを繰り返す。

「雨かかるやろ」

「うん」

「なににやにやしとん」

「いや、おっきなったなあタッキー」

「はあ？」

「小五からこうやっていっしょに歩いとんねや。高二のおまえめっちゃでかいなって」

「小四からや」

「そうやっけ。そうかあ。ふふ」

「わかったから急にオカンみたいなこというなよ。おまえもでかなっとるやろ」

「ははは」

「オレさあ」

「なに」

「芸人なろうかなあー」

「……へえー」

なんとなく俺は、去年のＭ１で優勝したコンビに滝場の姿を重ねてみる。

「ぜんぜん似合わへんな」

「うるさいわ」

「でもタッキーやったらええんちゃうか」

「ほんまけ」

「なんでもできてまうやろ。だれとでもなかよくなれるし。おもろいし」

「は？　恥ずいやんけ」

「梅雨以外やったらな」

「でも梅雨はおまえがおってくれるやん。オレ、おもろいこと以外したくないねん」

「お笑いの養成所とか通うん」

「高校出たらな。まだオカンにはいうなよ」

「ぜったいおばちゃん反対するわ」

俺は笑いながらいった。

「あほか。親なんて関係ないやろ。せや、オレが芸人になったら咲太のことエピソードトークで話したるわ。梅雨に毎日オレと遅刻しとることとか」

「はあ？　だれのせいやとおもてんねん」

「おまえのせいやろ」

「なんでやねん」

俺は、一瞬ためらってから滝場の頭を叩いてみた。傘が揺れる。滝場の方に傾いて俺の首に雨がかかった。

「コーヒーこぼれたやんけアホ」

滝場が笑う。目じりがくしゃくしゃになる。

「なあ」

「なに」

「文化祭でオレら漫才やってみいひんか？」

「あーー」

俺は、めっちゃうれしかったから、

「考えといたるわ」

といった。


校門にはあじさいが繋っていた。ピロリンと滝場が写真を撮る。

「さきいっといて」

と滝場がいう。

「いや、おまえといっしょやないと遅刻ふつうに怒られるやんか」

滝場が携帯をポチポチしている。滝場のおばちゃんがここのあじさいが好きで、滝場は毎日おばちゃんに写メを送っていた。

学校に着いたのはちょうど一時間目が終わったころだった。

俺らはまっすぐ教室にはいかずトイレに向かった。個室に入って、思い切り腕と脚を振って足踏みをする。汗が出るまでこうする。そしたら教室までゼェゼェと息を吐いて、さも走ってきたようにして扉を開ける。その方がおもしろいからで、俺は滝場のそういうところにちょっとひきながらつきあっている。

「セーーフ!」

滝場がいうと、

「タッキーおそ〜い」

とイケてるグループのひとたちが滝場に群がっていく。

「ええ一時間目終わっとるやん!」

滝場がズッコケる。本当にズッコケて教室の床で後頭部を打ちつけた。

「あっっつ! あつ! ええ、頭燃えた?」

クラスメイトへのサービスみたいにボケる滝場は俺には痛々しい。でも床でのたうち回る滝場と目が合うと俺は笑ってやる。

滝場は学校にいると病気みたいに笑いを取ろうとせずにはいられなかった。自分のことどうでもいいんだろう。自分のことどうでもいいから自己肯定感が高いっていうのを感じる。自分を簡単に演出できてしまう。自己肯定感とそれが故の劣等感を滝場は一日のなかで何度も切り替えていた。

体育教師が廊下を歩いていた。滝場を見つけるとゴルア滝場ァまた遅刻かいアァァァァァァァァとうれしそうに怒鳴る。滝場が反射的に笑顔になる。「えーちゃんと学校きたんやからほめてくださいよ〜」「アホかボケ」「アホかボケどっちやねん」滝場は笑う。反射するしかないんだ。あいつがああいう怒鳴る男に怯えることを俺は知っていた。こわいから滝場はいっしょに笑う。そのなかにある、笑ってほんとに楽しくなってる気持ち。あいつは自分のそこだけを見つめる。滝場はクラスの中心で、俺はというと、ふたりきりのとき以外、口数は少ない方だった。たぶんクラスメイトのほとんどには俺はどちらかというと陰キャだと思われている。でも俺からすると滝場は学校で異常にハイなだけ、弱さを隠すように笑いを取っているということを俺だけが理解していた。

「町岡くん」

机に教科書を入れてると肩を叩かれた。

「佐伯さん」

「町岡くん今日も遅刻だね」

「ああ。うん」

「なんで」

「なんで？」

説明するのがめんどくさい。

「なんでも」

と俺がいうと佐伯さんは笑う。どういう意味？

「うちも遅刻しようかな」

「え、なんで？」

「なんでも」

「？」

「町岡くん、つぎ数学だよ。町岡くん数学係でしょ。準備室に三角定規とか取りにこいって金曜日に先生いってたよ」

「あーー。ありがと！」

しゅるしゅる紐が解けるように佐伯さんは笑った。この笑いはうれしそうだなって俺にもわかった。

数学準備室からでっかい盾みたいな三角定規を取って飛ぶように階段を上っていると、踊り場でだれかとぶつかりそうになった。

「お」

「おわ〜」

と俺と彩花は三角定規をつかんでくるくる回った。

「あぶな。落ちるとこやったわ」

彩花はいった。

「でも楽しかったやろ？」

と俺。

「ちょっとだけな」

「もっかいまわる？」

「まわっとこか」

「クルクル〜」

俺たちは回りながら話をした。

彩花はひと学年上で、滝場の姉だった。

「今日も遅刻?」

「うん」

「ほんま物好きやな咲太は」

「なにが」

「なんで毎年トモヒロといっしょに遅刻してるん。わけわからんわ。あほなん?」

「ははは」

「あ」

「あ?」

「目ぇまわってきた。反対な」

反対に回っていると階段のはじまりに佐伯さんが立っていて、俺と目が合うと彼女はどこかへ去っていった。

「なに?」

「なにがあ」

「いや」

「せや。転校生もう見た? あんたらの学年の」

「見てへん。こんな時期に？」

「めっちゃイケメンらしいで」

「ふうん」

「あヤバ職員室寄るんやった」

ほな、といって彩花は回転の勢いで階段を下りていった。

一日中雨は降り続いた。俺も低気圧はだめな方で変わりばえしない灰色の空と同調するようにぼやっとした。滝場は授業中もやかましかった。先生をハゲデブといじった。五時間目の途中に大村さんがあそびにきてるんとちがうねんあんたのせいで授業止まるやん受験に響いたらどうするんと滝場にキレた。滝場は笑っていた。大村さんのことをだった。俺は机に突っ伏して寝たふりをしていた。こわかった。滝場のことも、なんにもいわない俺のことも。でもそれはいま、振り返っているから思えることなのかもしれない。本当のそのとき俺はどれほど自分たちをこわがってたのだろう。高二の俺は滝場のそばにいることをどれほど楽しんでたのだろう。

放課後、学校を出る直前で担任の糸村が滝場を呼び出した。

「ええー。咲太もこいよ」

「なんで町岡くんもいっしょやの。あんただけきなさい」

糸村は滝場を進路指導室に引っ張っていった。進路指導室はドアについてる衝撃を和らげるゴムがぜんぶ剝がれて隙間ができていて、前に立っているとふたりの声が聞こえた。

「ここだけパイプ椅子やねんな。京子センセー彼氏できた？」

「うるさ。進路調査のプリントやねんけど、滝場くん、進路が漫才師ってどういうことなん」

「芸人じゃなくて漫才師なんすよ。エンタの神様とかレッドカーペットじゃなくてM1で売れたいんすよね。リズムネタとかキャラとかじゃなくてちゃんと漫才で優勝して売れたい。そのあとにキングオブコントも取るんですよオレ」

「芸人なんかになって売れるわけないやないの。それに先生、あんたが万が一売れたり、売れへんくてもなんやかんやでやっていけてまう方が心配やわ」

「どういうこと？」

「滝場くんさあ、モテるやろ。女の子からもモテるし男の子からもモテるやろ」

「男から？」

滝場は笑った。

「いま、なにを笑ったん。あんたのそういうとこ笑えへんで。まああんただけとちゃうけど、そういうひと腐るほどおるけど」

「先生なんの話してるん」

糸村はドアの外からでもわかるくらい大きなため息をついた。

「芸人の世界なんて男社会を煮詰めたようなとこなんやからあんたみたいなタイプはハマってまうってこと」

「なんでそんなこと先生にわかるん」

「それはどうでもいいでしょ」

「京子センセーもしかして彼氏が芸人なん」

「なんでそういう話になるん。関係ないやろほんま。高校生ほんま嫌いや」

俺はドアの外でちょっと笑った。

「なにしてるん」

声をかけられて、わ、と俺はドアにぶつかる。

「あはは」

彩花が笑う。

「おどかさんといてや」

「なにしてんの咲太」

「これこれしかじかで」

「あー。これこれしかじかな。わたし京子ちゃんめっちゃ好きやわ。かっこええよな」

彩花はわざと先生に聞こえる声量でいった。部屋のなかから俺らに向けた咳払いが聞こえてくる。俺と彩花は笑いながらその場を離れた。

校門を出るとき、

「あ、おかんに送ったろ」

と彩花はあじさいを写メった。

「きょうだいやなあ」

「うっさい」

坂道を下りながら彩花がいままでに撮ったあじさいを見せてくれた。傘で距離が離れて携帯の画面は小さかったから俺は彩花の傘に入った。

「ホムペにもあげとこ」

「あ、この前おれキリバン踏んだで」

「え。一万人目？」

「うん」

「えー。なんかもっとぜんぜん知らんとこのぜんぜん知らんひとの方がよかったわ」

坂のふもとに踏切がある。遮断機が下りる音のなかで、

「でもうれしい」

と彩花がいった。

「え？」

俺は聞こえてたけど聞き返す。

「うれしいわ！」

「おれも！」

「はは」

「なんやこれ。楽しい」

「ええー？」

「楽しい！」

次の十字路で俺らは別れた。彩花は予備校に向かった。俺はダビデ公園にいった。


最初その公園はちがう名前だった。小三のときに町で連続放火事件が起きた。ボヤ騒ぎから家屋全焼まで被害はさまざまだった。当時高校生で、逮捕されるとき頭部だけの彫刻を振り回していた犯人が最後に燃やしたのがその公園のゴミ箱で、なかからは焼けた本が出てきた。フレイザーというひとの書いた本で、名前の「フ」が燃えてレイザーだけが残っていたからまず公園はレイザー公園と呼ばれた。

でもいいにくいからレーザー公園→レーダー公園→レイダ公園になって一時期その名前で呼ばれた。

やっぱりいいにくいからダビデ公園になった。放火犯が振り回していた彫刻はぜんぜん別のものだったけど、彫刻といえばギリシャ彫刻→ギリシャ彫刻といえばミケランジェロ→ダビデということだった。

由来なんて忘れているひとばかりだし、それで定着しているので仕方ない。

学校が終わると滝場は朝と同じようにふにゃふにゃになる。下校中ダビデ公園に寄って休憩するのが俺らの日課だった。

ダビデ公園の中央には屋根つきの小さな舞台みたいなベンチがあった。地面に埋められ色褪せているタコやイカやキリンの遊具がベンチを取り囲んでいる。

制服姿の同い年くらいのやつが傘をさしてオットセイに座っていた。

上は無地のカッターシャツで俺と滝場と同じだけど、下は見たことのない色のズボン。だれ？　と思いながら俺はベンチに座ってモバゲーやグリーを巡回する。

「……」

ピコピコ。

「……」

ピコピコピコ。

「えっ？」

と俺はいった。さもいまとつぜん気がついたみたいに。

「なに？」

さっきから俺に視線が注がれていたから。

「〈笑おぎやシャンプー飯〉です」

そいつはいった。

「は？」

「〈笑おぎやシャンプー飯〉です」

「え？　だれ？」

「あれ？」

「いや。ワラオギヤシャンプーメシってなに」

「あー。悪い。ひとちがいや。なんとなくそんな気ぃしたんやけどなあ」

そういったあともそいつは俺を試すように見続けた。

だれやねんこいつ。

こういうなんか知らんけど自信だけはあるやついるよな、と俺は自分を元気づけた。

俺はそういうやつが苦手で、でも気に入られたいとか思ってチラチラ見てしまうのだった。

かたつむりの殻みたいな色の制服。このあたりの高校のやつじゃない。

「あ、彩花がいってた転校生か」

「は?」

「ああごめん。心の声もれてたわ」

「なんやそれ」

「でも転校生なんはマジ? おれ西高の二年やねんけど」

「ボクも西高の二年や。今日からな」

「やっぱ転校生やん。何組?」

「七組」

「おれは二組。二組と七組やったら棟がちがうねん。てかええなーまだうちの制服届いてへんから前の学校のん着てるんやろ。かっこええなあー」

そいつは黙った。わざとらしく持ち上げ過ぎたか? とか思っているとそいつは俺を無視しているだけだった。俺の後ろからやってきた滝場のことを見ていた。

「京子センセー結局どんなひととつきあってんのか教えてくれへんかったしー。あ、だれ?

咲太の友だち？」

「いや、転校生」

「〈笑おぎやシャンプー飯〉です」

「あー〈笑おぎやシャンプー飯〉さん。どうも。〈takitakibanban〉です。待ちました？」

「いや。さっききたとこです」

「タキタキバンバン？」

「てか同い年ですよね。タメ口でいい？」

「ええよ。あ、このひととタキタキバンバンはおんなじ学校やねんな」

「滝場でええよ。呼び方。オレの名前。咲太とはもう知り合いなん？」

「さっき会ったとこやけど。ボクは、ユウキって呼んでくれたらええよ。タキバな。わかった。並んで立ってみようや」

「おおー。せやな」

滝場はかばんをベンチに置いて、ぴょんとジャンプしてユウキくんの隣に立った。ユウキくんは傘を開けたまま逆さに地面に置いて、ふたりとも股間のあたりで両手を組んだ。

「オレ一七〇センチちょうど。あんたの方がちょっと高いな。咲太、写メ撮ってくれへん？」

「ちょお待ってや。なんなんおまえら」

いいながらカシィーと俺は写メった。

くしゃくしゃにふたりが笑ってる。

滝場が睫毛が触れるほど近くにきて覗き込んだ。

「ええ感じちゃう？　コミュニティで知り合ってん」

「ええな。サクタやっけ？　写真うまいな。それっぽいわ」

「え。ありがとう。コミュニティ？」

「ミクシィの」

「ミクシィ」

「お笑い好きのな。話しとったら同い年で〈笑おぎやシャンプー飯〉が西高に転校してくるっていうから一回なんかやってみよかって」

「なんかって？」

「漫才」

「あーー」

俺は写真を見た。いわれてみると、ふたりは雨に濡れて、漫才の立ち姿をまねて笑っていた。

なぜか俺は、この写真のこと将来も覚えてると思った。

ていうか滝場は文化祭で俺とやるんちゃうんか。

そう思って、いおうか迷っていると、オットセイの隣に置いてた傘をユウキくんが手に取ってさそうとした。

「ウワつめたっ！」

傘に溜まっていた雨粒がどばーっとかかって、ユウキくんと滝場は腹を抱えて笑った。

なんやねん。会ったばっかかりでなんでそんな楽しそうやねん。

「カゼひいてまうわ」

「オレんちくる？」

「お。ボクいってみたいなあ」

「おれもいくわ」

俺は食い気味にいって滝場の家に着くとまっさきにＷｉｉを取り出した。

「仲を深めるにはスマブラからっていうやろ」

俺はふざけていった。ふたりがゲームに集中してあんまり話さんかったらええのになあと思った。

「なんやそれ」

「ボクめっちゃつよいけど」

ユウキくん、なんでそんなにっていうくらい強かった。一回も勝てなかった。俺は早々にゲームを放棄して、遅刻した一時間目の分のノートをうつしながらふたりが対戦する音を聞いていた。コントローラーが叩かれる。キャラクターが叫ぶ。

何十回目かの対戦の途中ユウキくんがいった。

「滝場は、ネタとか書けるん」

「……わからん。まだ書いたことない」

「そうか。ボク書こか」

「おもろいわけ?」

「きみが書くよりおもろいやろ。ボクもまだ書いたことないけど」

「ゲームキューブのんやったらおれがいちばんつよいからな」

ノートに唾を飛ばしながらいった。

「ほなやりにくるか。ボクんちゲームキューブやったらあるから」

「は。やりにいったるわ」

それで俺らはゲームキューブのスマブラをしに四十分歩いてユウキくんの家にいって、何回もたたかったけど俺は一回しか勝てなかった。うつし途中のノートと宿題を持ってきていてよかった。

「それにしてもなんもない家やな」

床にうつ伏せになってシャーペンを動かしながら俺はいった。家というか部屋だった。ひとが暮らしてる痕跡のとても薄い。机もない。壁沿いに畳まれた布団と、服と教科書が積まれている。その隣にテレビ。ゲームキューブ。九帖ほどのワンルームにあるのはそれだけだった。滝場はときどき舌打ちしながらユウキくんとの対戦に集中してる。

「ごちゃごちゃしてるん嫌やねん。まとわりつくというか、うざったいねんな」

「親の趣味?」

「いや。ひとり暮らしやから」

「あー」

聞いてもええやつなんかな。

「親が金持ちで余分に部屋借りたってだけやから。気ぃ遣わんでええよ」

「金持ちやのにモノ置かんねや」

「身軽でおりたいっていうたやろ」

「はーー。また負けた」

滝場がうれしそうにいって、床に仰向けになった。

「ネタさあ」

天井を見ながら滝場がいう。

「書いてきて見せ合おうや。そんでおもろい方をやったらええねん」

「一週間後でええか」

最初から約束してたみたいに、ユウキくんも仰向けになってすぐに返事をした。

「わかった。一週間後な」

「ボクの方がおもろいから」

「いうとけ」

青春やな、と漏らした俺の声は聞かれてなかった。

俺もなんか書こうかなと思った。思っただけだ。


約束のその日まで、ふたりよりも俺の方が緊張していた。雨は降り続いた。梅雨明けがいつになるかはまだ予想さえ出ていない。滝場は憂鬱の反動みたいに学校では相変わらずテンションを上げまくっていた。

繰り返す日々だった。

滝場はひとを楽しませるのと同じ口で、ほとんど暴力みたいにクラスメイトや先生をいじっていた。嫌な顔をするひとがいた。注意するひともいた。俺は傍観することが多かったが、たまに、「いやいじりすぎやろ」とかいうこともあった。それで笑いが起こった。きつかった。でも笑いが起きてうれしかった。感情がねじれていくことに手早く対処するために、俺もおどけてしまいそうだった。俺は滝場と似ていた。自分のことしか考えていなかった。自分たちのことしか。

そのなかにはいじるひとといじられるひとがいて、いじられるひとは怒るとか笑うとか、こちらが返せるリアクションをするものだった。それ以外の反応をするひとは俺たちのなかに存在しなかった。悲しむひとや沈黙するひとは他者だった。悲しみや沈黙を俺たちは無視した。俺たちを気持ちよくしなかったから。俺は思い返していた。十年後、おまえにおまえのダメなところをいうのだった。俺たちのダメだったところを。

だいじょうぶか？　と何度も聞いた。

学校やダビデ公園で、ネタが書けるのかどうかへの心配として。

「だいじょうぶや」

と滝場はいった。

コンビを組むっていうのに、滝場とユウキくんはいっしょには行動しなかった。学校で見かけてもお互いにヨオと手をあげるくらい。ユウキくんは読モをやってるみたいですぐにうわさになっていた。お笑いをしようとしていることは俺と滝場しか知らないみたいだった。

率先して場の中心になろうとする滝場とは対照的に、ユウキくんはすすんで孤立していた。滝場とだけじゃなく、だれともつるまないようにしていた。それが調子に乗ってると思われて上級生からケンカを売られたり、それがかっこいいと思われて女子から早くも告白されたりしていた。ユウキくんはケンカも告白も断った。だれかからアクションを起こされる度にひとりでいられる場所を転々と変えていくのだった。

俺が見かけたとき、ユウキくんは中庭にいた。大きな樹の根っこにビニール袋を敷いて、校舎からは見えにくい側に座っていた。雨が降るなか折り畳み傘をさして。

中庭にはユウキくんひとりだった。昼休み、携帯をポチポチ打ち込んだり、なにかを待つように空を見つめたりしていた。

俺は下駄箱のとこから傘を持ってきて中庭に出た。

「かっこつけすぎやろ」

笑いながらいった。

「きみか。きみやったらボクの隣に座っててもええわ」

ユウキくんも笑う。俺はユウキくんの向かいにヤンキー座りした。

「何様やねん。ユウキくんはひとりが好きなん？」

「ひとりっていうかまあ、あんまり構わんといてくれたら」

「ふうん。ネタは書けてるん」

「ぼちぼち」

「コンビ組むいうても滝場とまいにち会うわけとちがうんやな」

「コンビ組むってまだ決めてないけどな」

「あ、そうなんや。へえ〜。へえ〜。おにぎりチャーハンたべる？　さっき購買で買ってきたんやけど」

「おにぎりチャーハン？　半分あげるわ。アッツ！」

「いやいっこだけ。余ってんの？」

ラップにくるまれたおにぎりチャーハンを半分に割って、ラップがある方をユウキくんに、そうじゃない剝き出しのおにぎりチャーハンを俺の素手に落とした。

「なにしてんねん。でもまあ仮にコンビ組むとして、なんでまいにち会わなあかんねん。あいつとずっといっしょにおるんはちゃうわ。あいつ器用そうやん。なんにでも順応できそうっていうか。あ、これうまいな」

それは滝場が努力してるから、と思ったけど俺は、

「あー。でもユウキくんもなんでもできそうやけどな。知らんけど。アッツ〜」

「いやボクは、器用とかやなくて、めんどくさいなって思うことは最初からやらんかったり途中でやめたりするだけやから。モデルの仕事もそのうちやめるし。おにぎりチャーハンいくらなん？」

「ふぅーん」

「前の学校にも滝場みたいなやつがおってんけど、そういうやつといっしょにおったら疲れるねん。ズブズブになってまうねん」

「ズブズブ？」

「そいつが取り込む環境とかな。教室とかその場のノリの雰囲気があるやろ。そういうのんとの境い目がわからんくなる。そのノリがそいつを作ってんのか、そいつがそのノリを作ってんのか、それとももう分けられないのか。自分とそいつの距離はどれくらいなんか、わからんくなってくるねん。なあおにぎりチャーハンいくらなん」

「あー。なんかその話めっちゃわかるような、わからんような」

「ボクは線引いて距離取っときたいわ」

「ふぅーん」

「友だちと相方はちがうやろっていうこと。ボクは、コンビ組むやつとはネタだけやっときたいねん」

「うまくいえへんけど、ユウキくんはええやつやな？」

「なんでそうなんねん。ボクなんてめちゃめちゃつめたいわ」

笑ったあとユウキくんは、

「ほんまに」

と自分に言い聞かせるようにいった。

ふたりが書いてきたネタを見せる日はひさびさに晴れだった。放課後、俺たちはダビデ公園に集合した。予備校が休みの彩花もいっしょだった。

「最初はオレからでいい？」

ベンチの上に滝場がまだ真新しいキャンパスノートを広げる。数ページ使って漫才のネタが手書きされていた。

「なんか恥ずかしいねんけど。この気持ちわかる？　家族の創作物をいまから見るねんで」

と彩花がいった。

「あー。なんかわかるわー。恥ずいやんな」

俺もいう。

ネタのなかに、俺の知ってる滝場の私生活とか表れてたらどうしようと思った。そして実際に表れているのだった。

どーもー、○○（コンビ名）です。お願いします。

お願いします。あのー。ぼくね。一年である時期だけすごいぼんやりしてしまう時期があって。

どんな時期なん。

めちゃくちゃフシギなんやけどね、空からたくさん水が落ちてくるんですよ。

空から水。雨のことやなくて？

あ、そうやった。雨な。雨や雨。そんな名前やった。

なんで雨知らんねん。

それでね、その雨がねえ、ずーっと降り続くんですよ。二週間ほど。秒数に直したら１２０９６００秒。

秒数に直さんでええねん。

ねー。フシギでしょう？

それってもしかして春と夏のあいだに起こること？

そうそう。

ただの梅雨やないかい！　なんで梅雨知らんねん！

ツユ？　どんな字ぃ書くん。

梅の雨と書いて梅雨や。

梅の雨。え、梅が雨になって落ちてくんの？

そんなわけあるかァ。

え、でもそう書くんやろ。そう書くのに梅の雨が落ちてこおへんのおかしいやろ！　おかしいやろうが！

なんでそんなキレるねん。むかしのひとがそう決めたんやからもうそれはそうなの。もう仕方のないことなの。

納得いかんなあ。ほんまに梅が落ちてきたら、おまえ裁判やからな。

高校生が物騒なこというな。

絶対に訴えてやる！

行列のできる法律相談所か。

でねえそれはそうとねもうひとつフシギな時期があって。

はいはい今度はなんですか。

一年である時期だけ体調を崩してしまうんよ。

あー冬とかね。インフルエンザとか流行りますからね。

冬とはちゃうねん。オレ、冬のことはわかんねん。

ほななんやねん。

いや、ちょうどいまくらいの時期でな、ウッ、ウッ、ウグアアア……グウウアアアア、ハヤク、ニ、ゲロ……コロシテ、クレ……ガ、アアアア。（歩き回る）

（相方、じっと見てる）

アアア……ってなってまう時期があんねん。

ほんまになんやねんそれ！

いやオレもわからんねんこれ。だってこれな、オレじゃなくておまえが寝てるときにやってることやから。

なんでやねん！　オレそんなことせんわ。

証拠写真もあるねんで。（携帯を見せる身振り）

え……うわ。これおまえんちで飼ってるプードルやん。

あ、まちがえた。まちがえたついでにいうと、一年である時期だけ犬になってしまう時期があって。

そんなわけあるかァ。もうええわ。

ありがとうございました。


「ウッ、ウッ、ウグアアア……グウウウアアアア、」

彩花が声に出していった。わざと棒読みで。

「やめろや！」

と滝場。

「でも思ってたよりちゃんとしてるやんか。すごいやん」

彩花にほめられて滝場はもう一度、

「やめろや！」

といった。

「これはどっからインスピレーション得てるん」

とユウキくんが聞く。

「インスピレーションって。まあふだんの生活からやけど。オレの日常をネタにしましたー、みたいな」

「へえー」

俺は、このネタのツッコミもしかして俺を想定してんのかなと思って喉がかゆかった。それにコロシテクレっていうのが気になって黙っていた。

「次はボクやな」

ユウキくんはコピー用紙に印刷してきたネタを俺らに配った。


××です。よろしくお願いします。

お願いします。道路の白線ってあるやんか。

歩行者はこの内側を通ってくださいっていう白い線ね。

この前な、何の気なしに白線を爪でコッコッとひっかいとったんよ。そしたらさ。白線が端からビーーッとめくれてきて、こう、だんだんだんだん丸まってきて、ついには白いバウムクーヘンになったんよ。

ほんまかいな。フシギなこともあるもんやな。

そしたらバウムクーヘンに蟻がたかってきて、ふつうの黒い蟻やったんやけど、カリカリカリカリィってバウムクーヘンたべてるうちに蟻たちのからだがお尻の方からジュワアアってだんだんと白くなっていったんよ。これが、世界で最初のシロアリの誕生なんよ。

いやちょっと待てよ。おまえの話おかしいやろ。

どこがやねん。白線丸めたら白いバウムクーヘンができるやないかい。

そら白線丸めたら白いバウムクーヘンはできるわい。オレがいいたいのはなあ、シロアリの誕生ってそんなんとちがうやろっていうこと。

おまえのツッコミポイントそこかい。

オレがシロアリの誕生を教えたるから聞いとけ。あるところに立派な黒髪のおじいさんがいました。人間国宝の書道家がおじいさんの黒髪から抽出したエキスを墨汁として使っているくらい立派な黒髪なのでした。ところがある日、おじいさんはオレオレ詐欺にあったショックで白髪になってしまいました。書道家もショックです。しかし、ショックなのは書道家だけではありません。白くなったおじいさんの髪は、それはそれは立派な白髪だったので、周囲の蟻たちにも影響を及ぼしたのです。

え？

影響を及ぼしたのです。

影響を及ぼしたのですってなんやねん。未確定シメをすんな。未確定シメのせいでオレのツッコミポイントそこになってしもたわ！

なんでそんなとこ気になんねん。変態なんか。ほんでさっきからツッコミポイントってなんやねん。

ツッコミポイントはツッコミポイントやろうが。

ほなおまえボケるところをボケポイントっていうんか。

なんやそれダサ。

センスがわからん。……未確定シメってなんやねん!

……。(両手を合わす)

ツッコミに祈るな! それはそうとな、もういっこシロアリの誕生いうてええか。

もういっこて。ふたつ以上あったらそれは誕生とちゃうやろ。

シロアリはな、
話すんかい。

模造紙あるやろ。あの学校新聞作るのに使うやつ。

あれな。あのあまりに大きすぎて自分という存在がわからんくなってくるやつな。

いまボクがボケる順番やねん。聞いとけ。模造紙には模造紙の妖精が住んどってな、模造紙の妖精はな、模造紙の範囲しか行き来できひんねん。それでな、いつも模造紙の妖精がひとりでさびしかろうと思ったやさしい一匹の蟻が模造紙の妖精を勇気づけるために、白くなろうと決意するねんけどな、でもどうやって白くなったらええか蟻にはわからんのよ。流れ星やサンタさんに願ってもからだは真っ黒いまま。蟻は落ち込みました。そんなあるとき、でっかい積乱雲の上からお釈迦様の顔がぬっと現れてな、こういうんよ。蟻、蟻よ、おまえは白くなりたいのかい。白くなりたいのなら、西の果てにある天竺というところへ向かいなさい。その旅の途中にはさまざまな困難があり、きっとおまえを白くするでしょう、っていうてくんねんけどな、なにしろ蟻には先立つもんがなかった。金を稼がなあかんと思って、豪華客船で行われるジャンケン大会に参加することになって……

フェードアウトすな。シロアリの誕生をフェードアウトすなよ。……未確定シメを重ねんなよ。（バッ！　とうつ伏せになりスパイダーマンのように地面に両手両足をつけてキョロキョロする）

なにしてんなにしてん。

地面にシロアリおらんかなあって。シロ〜シロ〜シロ〜。誕生の秘密を教えて〜。

地面にシロアリあんまおらんねん。立て立て。さいごにボクがほんまのシロアリの誕生の話したるからよお聞いとけよ。シロアリはな、物事の中身を食い荒らすやろ。

あんま物事っていいわんけどな。

それに見かねた食物たちがやな、

食物。

そう食物たちがな、シロアリの鼻を明かしてやろうと思ってな、最初から中心のない食物を作り出したんよ。そう、これがドーナツの誕生やねん。

シロアリから話変わっとるやないかい。ほんでバウムクーヘンでもないんかい！　もうええわ。

ありがとうございましたー。

読みながら滝場はヒャヒャヒャと声を出して笑っていた。

彩花は微妙だったらしくて紙から目を離し、公園の隅で「おばけでてこーい」といいながら虫取り網を振り回している小学生のことをずっと見ていた。

ユウキくんはこういうネタ書くねんなあ、と俺はにやにやしていた。

「えっとこれって、」

俺はいった。

「どっちも自分のことをボケとして書いてるよな？　ユウキくんのはダブルボケって感じやけど」

「まあ役割とかはやってるうちになんとかなってくやろ。で、どっちがおもしろかった？」

「わたしはトモヒロのやつ。わかりやすかった」

「ボクはボクのネタ」

「オレはオレのやつかな。ユウキのネタはオレには書けへんからすげーって思ったけど、オレのやつの方が一般的で売れそうやし」

滝場の言葉に、ユウキくんがなにかいいかけてやめたのが喉の動きでわかった。

「咲太は？」

「おれは、」

高校生の漫才なんて先生のものまねとかやろってどこかでナメてた。俺は、なにも書いたり残したりしてない自分が急に嫌になってきた。

「ユウキくんのネタかなあ」

「おおー」

「文字やとタッキーのネタかなあって思ったんやけどたぶんこれ実際にうまくできたらおもろいんはユウキくんのネタの方なんちゃうかなって思った」

けど俺は、滝場がユウキくんの書いてきたネタに笑っていたから選んだのかもしれなかった。

「え、てかタッキー、ユウキくんと漫才やるんやったら、」

ずっと聞けていなかった。いま急に思い出したみたいにいう。強がらないとこわかった。

「おれとは？」

俺と漫才するっていう約束は？

「文化祭やろ？　ふつうにオレが二回やったらええかなって思てたんやけど」

「へえー」

とユウキくんがいった。

「もしかしてあかんかった？　なんか失礼やったりする？」

「おまえがボクのネタちゃんとできるんやったら別にええけど」

「おれは、タッキーの負担にならへんねやったらやってもええけど」

ユウキくんが俺をじっと見てきた。

「……なに？」

「別に」

「じゃあー咲太とユウキと二回やろうかなー。おもろかった方とコンビ組んだるわ」

「なんで上からやねん」

「えっとじゃあ、オレのネタではオレがボケで咲太がツッコミ。ユウキのネタでは基本ユウキがボケでオレがツッコミ気味のダブルボケって感じか。頭こんがらがりそうやな～」

「文化祭いつなん」

「十月の末ごろ。ネタってどれくらいでちゃんとできるようになるんかな」

「わからん。ボクもやってみるんはじめてやから」

「じゃあ梅雨が終わったらネタ合わせ開始でいい？」

「ええで。咲太は？」

「おれもオッケー」

「あ、あの子帰ってくわ。おばけ捕まえられへんかったみたいやわ」

というわけで、俺たちは梅雨が明けた七月中旬からダビデ公園でネタ合わせをはじめた。

「文化祭、オレと咲太とオレとユウキが漫才するから！　みんな絶対観にきてな！」

滝場は休み時間を使ってぜんぶのクラスにいいまわっていた。昼の時間の放送でも宣伝して、文化祭で俺らが漫才をすることは周知の事実となっていた。

俺は人並みに緊張していた。一時だけでも漫才のことを忘れようと期末テストの勉強をがんばった。全科目がいままでいちばんいい出来だった。それでも滝場とほぼ同じ点数だった。

「オレみたいなやつが成績悪かったら嫌な目のつけられ方するからなー」

「やっぱりおまえはそういう感じやねんな」

とユウキくんがいった。

ユウキくんは平均点そこそこで、目をつけられたくなくてあえて手を抜いたんじゃないかなと俺は思った。

「どーもー、〇〇です。お願いします」

「お願いします。あのー。ぼくね。一年である時期だけすごいぼんやりしてしまう時期があって」

「どんな時期なん」

「めちゃくちゃフシギなんやけどね、空からたくさん水が落ちてくるんですよ」

「空から水。雨のことやなくて？　あっ、」

ネタ合わせなんてはじめてだった。滝場のネタは妙にやりやすかったけど、俺は根本的にシャイだった。舞台みたいなベンチに並んで立って、滝場とふたりだけでならテンポよくネタを話せるのに、公園でだれかがこっちに注目してきたりすると止まってしまうのだった。

俺らのことを見ているのがユウキくんでもだった。

「おまえら不倫旅行でもしてんのかー」

オットセイの上からユウキくんがいった。

「まあ慣れやろ慣れ」

「せやなー」

といいながら俺はもやもやしていた。ユウキくんのみたいな作品って感じのネタの方が俺には向いているのかもしれなかった。滝場のネタは俺らのプライベートも入り込んでる分だけ割り切りにくかった。

「てか○○やったらいいにくいやろ。コンビ名決めようや」

「次ボクとおまえの番やろ」

「ええやん。休憩がてらオレとユウキのコンビ名も決めようや」

公園から歩いて十分のところにコンビニがあった。猛暑日だったから三人でワリカンして買った箱アイスは公園に戻ってくるまでのあいだにぜんぶ溶けていた。

「うわあぁ」

どろっとした水色のそれを見てユウキくんがいった。

「まだちょっとかたまりの部分あるやんか。こういうのほんまキショいわ。溶けるんやったらさっさと溶けろや」

「なんなん潔癖なん？」

「いやおれら帰ってきながらガリガリ君食ったらよかったやん。ほんで歩いてるあいだもあついあついばっかりいうとらんとコンビ名のアイデアでも出し合ったらよかったやん」

「はは。咲太そういう元気のよさをネタでも見せたらええやん」

「元気のよさって。通信簿の担任コメントか」

いいながらだってこれはネタじゃないからいえるわけで、俺は苦笑いしそうになっていた。

「わあツッコミじょうずだねえ」

「いやおれは赤子か」

「赤子て」

「バブバブクロワッサン！」

「急になんやねん」

「いやな。漫才のはじめにできるようなシンプルな持ちギャグがあったらええなあと思ってな。ちょっといっしょに考えてほしいんやけど」

「ええで。ギャグって大事やからな」

「実はな、きのうの夜にいくつか考えてはいたんやけど、」

「バブバブクロワッサンもそのひとつなん？」

「せやねん。ちょうど赤子っていうたから」

「タイミングの魔術師って呼ばれたかったなあー」

「いや早いあきらめが。これからタイミングの魔術師って呼ばれるかもしれんやん。未来をがんばれ」

「赤子とクロワッサンってさあ、かたちが似てるやんか」

「考え方が連続殺人鬼のそれ」

「さっきから赤子ってなんなん。ふつうベイビーやろ」

「ベタすぎてまるで古代からの法令のようやぞ」

「え。なんて?」

「ベタすぎてまるで古代からの法令のようやぞ。やめろ。すべったツッコミを二度もいわすな」

「それでギャグは。ギャグ見せろや。おい。早《は》よ」

「チンピラか」

「なんか三人で漫才してるみたい」

「急にふつうの感想やなー」

「ジョウチョ!」

滝場は首を歌舞伎役者みたいにグルンと回していった。

「いやどんなギャグやねん。情緒て」

「芍薬《シャクヤク》くださいナシゴレン!」

ユウキくんが仁王立ちで満面の笑みでいう。あまりに満面の笑み過ぎて逆に変顔のように思えてくるほどの満面の笑み。

「なんやそれ！　適当に適当を重ねんな。勢いだけでギャグすな。身振りがおもろいだけやんけ。若いんやから頭を使えや」

「逆やろ。若いんやからからだ使ったらええやろ」

「アイスで頭ひやしたろか」

「あ」

「アイスあるん忘れてたな」

「ほんまや。ヨッシャ」

と滝場が袋を破いて、溶けてるけどまだかたまりの部分があるアイスをべあーんと上から垂らし落とすように吸い込んでいった。ユウキくんが顔をしかめた。

「あかん腹イタなってきたわ」

念のため、といってユウキくんがトイレに駆けていった。

ユウキくんが外してるあいだに、俺と滝場はコンビ名を考えることにした。

「なんかある？」

「うーん。あ！　〈サクａｎｄトモ〉は？」

「パクリやん」

「文化祭やからこれくらい大雑把な方がウケると思うけど」

「そんな理由でつけるん」

「まあ案としてな。オレはぜんぜんアリやけど。咲太はなんかある？」

「なんやろう。〈あじさい〉とか？」

「〈あじさい〉ええやん。ぜんぜんええやん」

「えっ、あじさいで決まり？」

「嫌か？」

「嫌ではないけど」

「じゃあ、あじさいで決まりな。オレらはこれからあじさい。よろしくな」

「うわアイスぜんぶたべといてくれや。まだ残ってるやん」

戻ってきたユウキくんが洗った手についた水滴を俺らに飛ばした。

「やめろやー。もうオレと咲太はコンビ名決まったで」

「えー早すぎ。なになったん」

「あじさい」

「あじさい？　ひらがな？　カタカナ？　漢字？」

「あー。ひらがなかも」

と俺。

「カタカナの方がよくない？　まあきみらが決めたことやからなんもいわんけどさ」

「あーカタカナなあ。タッキーはどう思う？」

うーん、といって滝場はノートに「あじさい」「アジサイ」と書き、

「あじさい。アジサイ。アジサイ。カタカナやな。オレはカタカナで〈アジサイ〉の方がええわ」

「じゃあそれで。カタカナの方で」

こうして俺と滝場のコンビ名は〈アジサイ〉になった。

「次はタッキーとユウキくんのコンビ名決める？　おれどっかいっとこか？」

「いや、別にきみはおってもいいわ」

ユウキくんの口調は、おってもおらんでもどっちでもいいと俺に伝えてるように聞こえた。

俺の気にし過ぎ、と俺は思ってみた。

「なんか名前から作れへんかな。ボクらの苗字組み合わせたら『馬場』やん」

「馬場なんとかってこと？」

「そうそんな感じ。とにかく語呂がいい、馬場なんとか」

「馬場……馬場……」

「馬場～馬場～」

「馬場……バナナ。馬場バナナ……微妙やな」

「馬場たましい。いや、馬場ナイス……」

「馬場ナイス。馬場スワン。馬場ゴリラ……」

「馬場リッチ。馬場ゴージャス。馬場セレブ……」

「馬場リッチよくない？」

「そうかも？　でもそれだけやと弱いな」

「馬場リッチなんとか。語呂がよくて他とかぶらん感じで」

「馬場リッチ公園。馬場リッチ花火。馬場リッチ体操」

「『リッチ』を漢字で挟むん気持ち悪ない？」

「ほんまやな。馬場リッチシャンプー」

「なんとかリッチシャンプーとかありそうすぎやん。もっとなんか、よおわからんけどいいやすいやつあげてってや。馬場リッチペンギン。馬場リッチパンダ。馬場リッチパンツ。馬場リッチパラダイス。馬場リッチパティスリー」

「パティスリーってなんやっけ」

「知らん」

「知らんのかい。馬場リッチ……馬場リッチチャーハン。馬場リッチハンバーグ。馬場リッチキッチン」

「馬場リッチハウス。馬場リッチクローゼット」

「馬場リッチリビング。馬場リッチベランダ」

「馬場リッチバルコニー」

「馬場リッチバルコニー。馬場リッチバルコニーな。馬場リッチバルコニーよくない？」

「ええやん。〈馬場リッチバルコニー〉」

「決まりやな」

俺もつぶやいてみた。馬場リッチバルコニー。アジサイ。

コンビ名が決まると一気にネタ合わせに締まりが出た。名前はすなわち責任という感じで俺には心地がよかった。でもそれが滝場にはプレッシャーになっていた。台本通りにネタをできるようになってもそこからの伸びがなかった。

事件が起きたのは、コンビ名を決めてからしばらく経った八月の半ばだった。真っ青に晴れたその日も俺たちはダビデ公園でネタ合わせをしていた。

「最初の方が楽しそうやったなあ」

ネタ合わせの区切り、ユウキくんが挑発するように滝場にいった。

「うっさいわ」

滝場はいいながら俺がいるゾウガメの遊具までやってきて寝そべった。ネタ合わせはアジサイと馬場リッチバルコニーで交互に行っていて、滝場はほぼぶっ続けでユウキくんと俺のあいだを行き来していた。

「ボケとツッコミ両方やるのしんどくない？」

俺は滝場を気遣う言葉をちょこちょこかけた。本番になったらどうせネタをふたつともうまくこなすんだろうと俺は滝場に思っていた。きっと滝場自身もそう思っていた。

「だいじょうぶに決まってるやろ」

勢いよくからだを起こし、髪を搔き上げながら滝場がいって、汗が俺の頰に飛び散った。

ネタ合わせを続けていると、言葉が台本のものじゃなくて俺自身から出てきているように感じることがあった。そういうときは滝場も調子がよかった。呼吸が合うってこういうことなんかと思った。でもそれはやっぱり、ふだんの俺らと、ネタをしている俺らの関係の区別がついていない状態だった。その人間味がときにきつい。俺は練習をするほどに不安と楽しさを同時に感じていた。

「ほんまになんやねんそれ！」

「いやオレもわからんねんこれ。だってこれな、オレじゃなくておまえが寝てるときにやってることやから」

「なんでやねん！　オレそんなことせんわ」

アジサイと馬場リッチバルコニーではネタ合わせの方法がちがった。俺らは台本を覚えて通しでネタをできるようになるとそのあとは部分部分を調節しながらやっていた。効率がよさそうやろ、という滝場の提案で最初から練習のスタイルを決めていた。

「『寝てる』ときやったら観てるひとよくわからんくないか。ネタの外の情報って感じせえへん？　ネタでいってなかった情報を急に持ってこられて一瞬だけ白けるっていうか」

「でも起きてるときやったとしたらこわくない？　『寝てる』はいらん情報かもしれんけどそれ抜いたらぜんぜんわからんし、『寝てる』が妥協しどころやろ」

「『寝てる』を抜いてやってみてもええ？」

「うん」

「ほんまになんやねんそれ！」

「いやオレもわからんねんこれ。だってこれな、オレじゃなくておまえがやってることやから」

「なんでやねん！　オレそんなことせんわ。いやいや。『寝てる』を抜くんやったら代わりになんか入れんとマズくない？」

「オレもいってて思った。でも予想外の行動を、オレじゃなくて実は咲太がやってるってことを客にわからせるのが大事やろ？　それに対してのおまえのツッコミはオチに向かう繋ぎとして機能してるからここ複雑にしたくないねんな。予想外の行動をするときの原因としてシンプルでつよいもの……。やっぱ夢……『寝てる』かなあ。『寝てる』のままで通しでやってみてもいい？」

「うん」

距離を取り、どーもー、といいながら近づいていく。

「アジサイです。お願いします」

そうやってネタをやっていくあいだ、俺はしゃべりながら、俯瞰で俺らを見ている俺がいるのを感じていた。ときどき、何十回かに一回こういうことがあった。夕方。蟬が鳴いている。雨の音に似ている。火が燃えるときもこんな感じや、と俺はネタの言葉を吐きながら思う。拍手みたい。熱で景色が揺らぐ。たくさんの動物が埋まっている。反り返ったエビの遊具にまたがったユウキくんが俺らを見ている。なんで睨んでるんやろう。西日が地面を縫うように伸びて、俺らの肌を這い上がり、ななめに渡っていく。ゾンビみたいに滝場が歩き回る。滝場が泣いてる。コロシテクレ、のところで滝場から涙があふれた。きた、と俺は思う。いやオレもわからんねんこれ。だってこれな、オレじゃなくておまえが寝てるときにやってることとやから。

「なんでやねん！　オレそんなことせんわ」

その瞬間、俺は俺自身に落ちるように俯瞰から戻った。ツッコミが滝場にハマった。

「証拠写真もあるねんで」

「これおまえんちで飼ってるプードルやん！」

「あ、まちがえた。まちがえたついでにいうと、一年である時期だけ犬になってしまう時期があって」

「そんなわけあるかァ！　もうええわ」

「ありがとうございました」

「やっぱ『寝てる』がいいっぽいな。てか咲太、さっきおまえ、」

「うん。なんかめっちゃ、できたな、おれ。あとのツッコミもちょっと引きずられたけど」

「カミナリ落ちたみたいやったわ」

「ほんま」

それは俺たちにとって、いいことなのか悪いことなのかわからなかった。

俺たちふたりから客へと拡散していく直前の、俺たちふたりだけで完結しているものだった。俺にとってなによりも気持ちよかったそれはきっと、コミュニケーションだった。

たぶん、なんでやねん！　という、どストレートなツッコミだったから。ふたりだけでやっていたから。俺は言葉もからだも滝場だけに向けていたから。客を入れると台無しになるかもしれないものだった。

俺は、俺らが笑いっていうショーに変化していくことをおそれていた。

「おい。時間やぞ」

ユウキくんがやってきていった。

「ユウキ聞いてや。さっき咲太のツッコミめっちゃよかってん」

涙も拭わずに滝場がいう。

滝場はネタ中に泣くことがあった。声色は少しも変えずに目から涙だけ流す。

「ボク見てたけど、そうなんか？」

ユウキくんは俺に聞いた。そのことで俺は、やっぱりさっきのは、俺たちにハマっていただけなんだと思った。漫才として成立させようと思ったら、客にもハマらせないといけない、でも俺はそれを望んでんのか？

「じゃあユウキとネタ合わせやってくるから。咲太はさっきの感覚忘れんなよ」

滝場は俺の違和感には気づいてないみたいだった。

俺と滝場とちがって、ユウキくんと滝場はしょっちゅう言い争っていた。

動物の遊具たちを抜けていくと巨大なホールケーキのかたちをした滑り台があった。イチゴをとんがった屋根としてお城のようにも見えるその滑り台の壁と床は無印良品の布団みたいな生成り色で、いまは西日があたってオレンジ色になっていた。

中央のイチゴ以外は台座のようになっていて、俺らの身長くらいの高さがあるホールケーキに登ると公園を見渡すことができる。滝場とユウキくんは台座に等間隔に飾られてる大きなクリームにもたれてネタ合わせをしていた。

トンネルが開いてるクリームもあって、光が溜まる水槽のようになっている。そのなかを子どもたちが駆け回っては出ていく。叫びながら滑り台を下りていく。毎日まいにち怒鳴り合うふたりは景色みたいに子どもたちのなかで無視されていて、その日はとりわけ激しかった。

馬場リッチバルコニーはネタ合わせのときでも通しでしかネタをしなかった。本番みたいな熱量で最初から最後までネタをやったあと一回ずつ反省していた。

何回いうたらわかんねん！　とユウキくんが怒鳴る。

「おまえはボクのこと信じろや！」

ユウキくんが唾を吐き散らすのを、俺はアリクイかバクどっちかわからない動物に座って見ていた。

「はあ？　おまえ、きのうは信じるなっていうたやんけ」

「信じるなとはいうてへんわ。話半分に聞きながら信じとけっていうてんねん」

「なんやねんそれ。ムジュンしとるやろ」

「ネタってそういうもんやろうが。おまえは、おまえやけどおまえやないねん。ボクはボクやけどボクじゃないねん」

「わけわからんこというなや！」

「このまえ教室でおまえやっとったやろうが頭打って。ボク見とったぞ」

「なんの話してんねん」

「自覚なしかい。自覚しとけやそれくらい。おまえはさあ、ボクがさっきいったようなことをふだんからやってんねん」

「なにいうてんのかわからんけど、ふだんからできてんねんやったらオレなんも直さんでええやんけ」

「だからそれがネタやるときにはできんくなってるんやっていうてんねやんか。おまえさあ、もうボクとだけネタ合わせしろ。咲太とはやるな」

「はあ？」

「おまえはカラッポやろ。カラッポな自分のことが好きやし、周りの連中もカラッポなおまえのことが好きやろ。おまえはカラッポでいる方がおもろいタイプやんか」

滝場はアジサイのネタをすることで変わっていった。俺もユウキくんもはっきりと指摘はできなかったけど、ネタ中に泣くなんてふつうのことじゃないと思っていた。コロシテクレと涙が俺のなかで繋がっていた。涙が滝場を癒しているのか傷つけているのかわからなかった。俺もユウキくんも触れないようにしていた。でもいまユウキくんは遠回しにその話をしているのだった。

滝場がユウキくんを殴った。

ユウキくんはよろめいて、顔を上げるときに笑いながらいった。

「図星やからやろ」

滝場の顔がかげって見えない。ユウキくんは血のまじった唾を吐いた。

「おまえは自分がカラッポなことがこわいねん。それで不安やから笑いを生もうとして、笑いを生めば生むほどカラッポになってくねん。それがおまえには気持ちええねん。おまえはおまえの好きでカラッポになってんねやから無理して抵抗すんな。無理して泣いたりすんなや。おもろい以外いらんねん」

「……おまえ、なんやねん。おまえがオレのことどんだけ知ってるっていうねん。一、二か月しかオレらつきあいないやろ。なんなんおまえ、こわいわ」

「おまえのことなんて知らんわ。でもわかるんや。おまえにはじめて会った日から、ボクの時間は濃かったわ。何年にも感じる。楽しかった。ボクはわかるねん。コンビ組みたいやつのことは、ボクはだれよりもわかりたいから、わかろうとしてるからわかるんや」

「なんやねんそれ。急にほめんなや」

「ほめてへんわ。でもほんまのことやろ。ボクがとつぜん思っただけとちゃうやろ。不安やからひとを笑わせずにはいられへんって、わりと一般的な感情やろ。ボクのなかにもあるわ。おまえはそのカラッポの度合いが激しいねん。なあ、咲太もさあー、ボクと同じようなことを思っとったやろ」

「急に話ふるなやー」

俺はギョッとして声を張り上げた。

「はは」

とユウキくんは笑い、滝場が俺の方を見た隙に滝場を殴った。ふらついた滝場はホールケーキから転落しそうになる。その腕をユウキくんがつかんでまた笑った。

「ヒキョーなことすんなや」

「お返しで殴っただけや」

「だいじょうぶかよ！」

俺はいった。

ホールケーキのぎりぎりで立て膝みたいな体勢になっていた滝場がユウキくんの手を自分の方に引っ張って、ふたりはもつれて音もなく下の砂場に落っこちた。

「おい！」

駆け寄りながら俺は、救急車とか呼んだ方がええんかな、と血の気が引いていた。

ふたりは抱き合うように砂にうずまったままでいた。あそんでいた子どもが喚声を上げたり泣いたりしはじめる。

砂場までいくとふたりとも笑っていた。

「あほちゃうん」

俺はいった。

「下に子どもおったりスコップとかあったらどうすんねんおまえら。ほんまあほやろ。死ね」

「ははは。めずらしく咲太が怒っとるわ」

滝場がうれしそうにいう。

「ほんでケガとかはないんか」

「だいじょうぶや」

「ボクもだいじょうぶ」

「なんやねんおまえらケンカしながら笑って」

「ほんでさあ、話もどすけど」

腕や顔についた砂を払ってユウキくんがいった。髪の毛にはたくさん残って白髪のようになっている。

「咲太は滝場のことどう思ってんの」

「話もどすんかい」

俺は笑いながらいったけどふたりとも笑ってなかった。ユウキくんは真顔でこっちを見て、滝場は俺を見てるけど目を合わさないようにしてるみたいに切ない。俺は砂場に座った。

「泣いてんのは、タッキーのなかのなんかがあふれてまうんやろ。それがタッキーのカラッポさをカラッポじゃなくさせてるんやろ。ユウキくんのいうとったこと、おれは正直よくわかったわ。なんでそれをおれじゃなくてユウキくんがいってんねやろうってくらいに。おまえはネタをやってるとき、おれのことおれとして見るやん。ネタの言葉を話してるおれといまのおれはちがう存在やろ。というか、おんなじやけどちがうやろ。なんかこう、半分うそを身にまとってるやろネタ中のおれは。おまえ、アジサイのネタは生活からネタのインスピレーションを得てるっていうてたけど、ネタをやることがおまえそのものに影響を与えてしまってるんとちゃうんか。せやからネタ中に涙があふれてきたりするんとちゃうんか。アジサイのネタをすることは、おまえ自身をゆがませてるんとちゃうんか」

同じことを俺自身にもいっていた。俺はネタ合わせしてるとき、滝場を滝場そのものとして見ていて、俺と滝場のあいだにある関係はネタによって変わっていこうとしていた。ザラッと数粒の砂を指で潰すように擦り合わせたとき、ふいに俺は、そうかって思った。ほとんど、なにかを信じるように。

滝場は死にたさを、ネタのなかだからいうことができたんだ。つらさを言葉にすることで涙を流して、カラッポじゃなくなっていってたんだ。

カラッポなままでいろ、おまえは楽になるな、俺もユウキくんも滝場にそんなことをいっているのだった。カラッポじゃなくなったらおまえはおもしろくなくなるやろ、という肝心なことをぼかして。

俺はたぶんそれを、永遠に滝場に伝えられないと思った。だって、おもしろい滝場のことが俺は好きだけど別に滝場がおもしろくある必要なんてないから。でもユウキくんはちがう。滝場とコンビを組みたいって、滝場と芸人になりたいって本気で思ってる。だからユウキくんは滝場を傷つけるようなことでもいってしまうんだろう。そのことがなんでか俺はうれしかった。砂を潰しながら俺は微笑んだ。

「いやなんで笑ってんねん。おもろい話してたわけとちゃうやろ」

滝場がいった。

「それにさあ、おまえらさっきからなんやねん。オレの心をモノみたいに扱うなや」

「ほんまやな。ボクさっきみたいなこといわれたら縁切ってまうわ」

「じゃあなんでいうねん」

「おまえやからや」

ふたりとも笑って、砂場に仰向けになった。俺もなろうとして、やっぱりやめた。

「ああああ」

ユウキくんが伸びをする。滝場もそうする。

「あ〜〜。からだめっちゃ痛いねんけど」

「空が見えるなー」

「そら見えるやろ」

「ダジャレか？」

「ちゃうわ」

「この空の晴ればれとしたかがやきを突き抜けるひと筋の風のように、滝場トモヒロの心もすっきりさっぱりとしたものだなあ。いつかこのときを思い返して青春を感じるものよ」

「なんで百人一首風やねん。百人一首で相方の心を代弁すんな」

「でも合ってるやろボクのいったこと」

「まあ、すっきりさっぱりとはしとるなあ。なんでか知らんけど」

「なあ」

俺は立ち上がっていった。

「解散しようや。アジサイ」

「え？」

「まだ一回も本番やってへんけどな！」

笑ってそういうと、振り返って全力疾走でダビデ公園を離れた。俺は滝場に追いつかれないように走りたかった。でも本当はちがう。滝場が俺を追いかけてきていないことを確かめたくなくて、だれの足音も聞こえないように走った。

夏休みが終わるまであと二週間ほどだった。次の日から俺は公園にいかなくなった。滝場からメールと着信が何度かあった。馬場リッチバルコニーがネタ合わせをしている日中にくることはなかった。ユウキくんといる時間あいつは俺のことを忘れてるんだ、それならいいんだ、と俺は強がった。滝場は家にもこなかった。俺は連絡を絶っていた。わかってる。あいつは俺のことを尊重しようとしていた。俺が自分から離れていったから。自分で拒絶しているのに、滝場に引きとめてほしかった。滝場に連れ戻してほしいって思っていた。でも本当に連れ戻されたら俺はまたあいつを突き放すだけ。

九月は少し涼しく滝場にとって調子のいい時期だった。俺と登校する必要はなかった。俺はあいつと会わないように学校に向かった。二学期の初日、滝場は夏休みのあいだに日焼けとか体重の増減とか髪型とか、目に見えて変化が起きたクラスメイトをいじり倒した。俺のこともだった。授業がすべて終わって、荷物をまとめたあいつが俺の後ろを通ったとき、「えーなにこれ咲太十円ハゲできてるやん！　げー！　なになにどうしたん。たまたま転んだ先に十円玉があったん？」

「たまたま転んだ先に十円玉ないわ」

「あ、じゃあ十円玉をまくらにしてたんか」

「なんで十円玉いっこだけピンポイントでまくらにすんねん。てか十円ハゲはおまえもやろ」

ははは、とクラスメイトが笑った。俺と滝場は、俺たち以外のひとから見れば変わりなかった。カラッポなのは俺もだった。滝場にとってそれは笑いになるけど、俺には苦しいだけ。それなのに俺は滝場を反射するように言葉を出した。

高校生に円形脱毛症ができてるっていうことを俺はあんな風にいじり笑いでもって接されたら、笑いで返すしかなかった。心配することができなかった。心配の言葉をかけないっていうことがやさしさであるみたいにお互い虚ろでいた。まっすぐ心配し合えるほうがいいに決まっていた。

滝場の周りにクラスメイトたちが集まって後頭部をじろじろ見る。顔をしかめたり笑ったりする。俺たちがそれを深刻ではないものに変換してしまっていた。

「てか漫才するんやろ。ユウキと町岡と」

だれかが滝場に聞いた。

「ああ、それやねんけど——」

俺はその先を聞きたくなくて教室を出た。階段への角を曲がるところで、

「おっ」

「あ」

ユウキくんと出くわした。たぶん、滝場がいる教室に向かっていた。

「咲太ひさしぶりやん。別にネタ合わせやめたからって顔くらい出してくれたらええのに。

馬場リッチのネタ見てくれる客ほしいし、ふつうにアドバイスとかほしいわ」

「なんやそれ。嫌味みたいに聞こえるねんけど」

「はあ？　どこが嫌味やねん。ボクはボクなりにおまえのこと心配してんねやんけ」

「心配なんかいらんねんって」

なんやねん、とユウキくんのイラつく声を残して俺は飛ぶように階段を下りた。

まだ昼前で、底光りした雲が空一面に蓋をしていてまぶしい。俺は、思い切り思い切り、思い切り手を伸ばした。

校門のあじさいには変色した花が残っていた。写メを撮ろうか迷っていると、グラウンドを佐伯さんが走ってくるのが見えた。

「やっほー町岡くん」

俺のところまできて、ゼェゼェ息を切らしながら佐伯さんがいった。

「佐伯さん走ってどうしたん。息切らして」

「そんなことないで。町岡くんのこと追いかけてきたりしてないで」

「いやいや、走ってるん見てたから。走りながら目ぇ合ったやん」

「町岡くんいまなにしてんの」

「なんもしてへんけど」

「あーあじさい！　きれいやなあ！　梅雨ごろによく見るあじさいって球体のバリアみたいやんか。あれって花じゃなくてぜんぶガクやねんで。そんでこの小さいのが花。切らん限りずっと残り続けんねん。いまは見頃とちゃうけどうちはきれいやと思うわ」

「へえー」

「咲太って名前すてきやね」

「え？」

「咲太くんって呼んでいい？」

「別にいいけど」

「わあー。町岡くん。ちがう。咲太くんは、このあとひま？」

「え、なんもないけど」

それで、俺は佐伯さんに誘われてカラオケにいった。からあげをたべて、佐伯さんはＡＫＢばっかりで俺はタンバリン叩いた。そのあとプリクラを撮った。

「なんか咲太くん落ち込んでるように見えたから」

佐伯さんはそういった。彩花以外の女子とふたりであそぶなんて俺ははじめてだった。しかもこんなに長いこと。夕方、水色からピンクへグラデーションしていく空には痣みたいな雲がたくさん浮かんでる。駅前で俺と佐伯さん、

「じゃあうち夜から塾あるから」

「あ、塾通ってるんや。そらそうやんなあ。おれもそのうち塾か予備校いかな」

「でも塾の前にいったん家帰っておかあさんに顔見せなあかんねんけど、あの、あのな、咲太くん、もうちょっといっしょにおってもいい？」

俺は頷いた。ちょうどよかった。だれか他人といっしょにいたかった。俺は、あいつらのことを考えるのをやめたかった。

ちょうどよかった――そんな風に思う俺は「俺たち」のことしか大事じゃないみたいだった。

次の週から俺は予備校に通うことにした。できるだけ親に嫌がられないように値段で選んだら、彩花が通っているのと同じとこだった。授業教室がいっしょになることはないけど、合間の時間や帰るときにエントランスでばったり会うこともあって、よかった。俺がおまえと会ってないときどうしてるか、彩花がおまえに伝えてくれると思った。

俺も彩花から馬場リッチバルコニーの近況を聞いた。よくケンカしてること。ユウキくんが読モの仕事をやめたこと。俺はこの時期学校でも滝場とユウキくんと絡まなくなってひとつの参考書の問題を繰り返し繰り返し解いていた。反復するのはうれしかった。なにかに力を注げているふりができた。時間を無駄にしていない気になれた。

文化祭の当日、俺らのクラスは〈おままごと喫茶〉をすることになった。食品サンプルをお客さんに提供して、なぜかスタッフがお客さんといっしょにそれらを実際にたべている体《てい》で会話をする。なんかエロい、と評判になった。一日目の十八時ごろ、グラウンドに設置されたやぐらで馬場リッチバルコニーの漫才がある。俺は教室でスタッフをしながらぎりぎりまで観にいくかどうか迷っていた。

「かき氷ひとつ」

いいながら滝場が俺の向かいに座った。

「おまえ、おまえはスタッフ側やんけ。それにあと十分で漫才はじまるやろ」

「かき氷ひとつ」

「かき氷なんかメニューにないわ」

「あっそ。ほな作ろ」

シャクシャクと目に見えないかき氷を作りながら、怒ってるみたいな挑発してるみたいな声色は、でもすぐに変わった。聞いてると肌が痛むほどやさしい声へと。

「伝えんの遅くなったけど、オレな、ユウキとだけ漫才するわ。おまえとはせえへん。オレ、あのとき殴られる前と殴られたあとに、おまえらにいわれたこと考えとってん。まだうまいこと言葉にはできんけどさあ、なんかわかってん。咲太、おまえは友だちや。最高の友だち。

相方やなかった」

じゃあ、といって滝場は教室を出ていった。

俺は少し放心してた。グラウンドに着くと、やぐらの上で照明をあてられた馬場リッチバルコニーの漫才がはじまるところだった。

○

夢を見てた。

なんで泣いてるん。

泣いてる？

こわかったん？

こわかった？

はじまるで。

瞼が開くと、前髪がもつれ合いそうなほど彩花の顔がすぐそばにあった。

「配信はじまるで」

スマホを見ると夜七時だった。

「ねむ。めっちゃねむい。夜勤やったからまだ寝てたい……ねむ……」

「ホテルなんか暇やろこの時期。寝る時間くらいあったやろ」

「客入らんくても入らんなりにやることがあんねん」

あくびしながらいった。このころはまだなにもかもをのんきにとらえていた。

「あと五分寝かせて」

「えーもうはじまるって。いっしょに観ようや」

机の上に開かれた彩花のパソコンに広告が流れてユーチューブライブがはじまる。

どーもー！

配信をご覧のみなさんこんばんはー！

芸歴十六年目のお笑いコンビ、〈ヒチリキ〉のツッコミ上橋がＭＣとして袖から出てきた。

彩花がベッドの縁に腰かけてきて見えなくなったから、仕方なく起き上がって隣に座る。

ぼやけた俺の視界は画面に半透明の幕を下ろしているみたいだった。

文化祭から十年が経った。

滝場とユウキくんが芸能プロダクションの養成所を卒業し、芸人という肩書になってもうすぐ八年目。お笑いファンのあいだでは知名度があるし単独ライブも満席にはなるが、劇場以外での露出は深夜のネタ番組や関西ローカルのものくらいで、まだ売れているとはいいがたかった。

馬場リッチバルコニーが出演するライブをたくさん観にいった。でも俺は舞台の上のふたりを客として観るだけで、滝場ともユウキくんとも、高校を出てから一度も会っていなかった。高二の秋ごろから心が距離を取っていた。絶交とかいうわけではなく、ただ気まずさが表に出てこないようにつきあっていただけ。高三の梅雨の時期、俺はそれまでの年をそっくりコピーするみたいに滝場と歩いた。ふざけあって、ちゃんと話をするのを避けていた。ふざけないでいることは致命的なことだった。ふつうに、話し合ったらええやんけっ！　俺は何度もそう思いながら、コーヒーの味をたとえてボケてくる滝場に「そんなわけあるかァ」といって、笑えてるような時間を作る。もうそれは機械的な作業だった。そうやって繕えば繕うほど憂鬱だった。俺にとって滝場は傷口みたいで、いっしょにいると言葉になる前のしんどさがからだに溜まっていった。ふつうに、話し合ったらええやんけっ！　そう思い続けて時間だけが経った。俺はふつうの大学に進学してふつうに就職した。いまは、そんな「ふつう」がより困難になっていく時期だった。

馬場リッチバルコニーが所属する会社はすべての公演を新型コロナウイルスの影響で中止

にした。

その代わりに、劇場のユーチューブチャンネルが三月のはじめから客を入れない状態で生配信を行っていた。まだ緊急事態宣言も「三密」を避ける要請も出ていない三月の下旬、この日はネタライブが行われた。MCの上橋以外は全組が同じ芸歴の同期配信で、トップバッターは馬場リッチバルコニーだった。

濃い青い地のスーツ。ジャケットには裾から脇まで三角形に灰色が差していて、スラックスの方にはくるぶしから腰にかけてより細く灰色が三角に入っている。

出囃子が鳴り、シュッとした衣装を着たふたりが舞台中央のスタンドマイクに駆けてくる。


どーもー馬場リッチバルコニーです。ジョウチョ！

芍薬くださいナシゴレン！

ぼくが滝場で、こいつがユウキでやらせてもらってます。

あのー、いきなりやけどね。子どものころなりたかった職業があって。

なりたかった職業。

マッサージ屋やねんけど。ちょっといまやっていい？

聞いてみるわ。(滝場は肩をじっと見る)……。ええって。

なにに聞いたんや。お客さんけっこう肩凝ってますねー。

そうなんですよ。聞いてくださいよー。レンガめっちゃ運んだんですよ〜。

大工さんかなにかされてるんですか?

レンガ持ってここまで三億往復しないといけなくて。

三億往復。

なんか三億往復したらTポイント溜まるって聞いて。二百円分。アハハ。それにしてもお兄さんマッサージ上手ですね。いつからこのお仕事されてるんですか。

五十分前からですね。実は、出勤してから五十分間の意識がなくって、たくさんいたスタッフがみんな消えてて気がついたらぼく店長になってました。

五十分間でなにがあったんですか。

では特別なコースはじめていきますねー。

あれれ? 特別なコースなんて頼んでないですよ。

ぼくの店長への昇進記念で。

そりゃめでたい。

ではちょっと失礼しますねー。

ん？　鎖骨になんかひっかけられたな。なんやろ。

いま、鎖骨に青森県をひっかけたので、ちょうど肩のあたりを石川県が刺激してますねー。

どういうこと。

日本列島の大地の力が血行をよくするんですよ。これ、みんな知ってる話です。

みんな知らんやろ！　にしても日本列島て。

いま、青森県の先っぽの恐竜の顔みたいなところがお客さんの鎖骨にひっかかっていて、石川県の先っぽのなんかこういう、こういうやつがお客さんの肩にひっかかってます。

いやわからんって。石川県のかたちに興味あるひとゼロ人やて。

それで、秋田、山形、新潟、富山が、胸から肩にかけてを刺激してるんです。

そんな、ささやくようにいわれたら、癒されてまうわ。秋田、山形、新潟、富山。秋田、山形、新潟、富山。秋田……山形……新潟……富山……あー、たしかに、胸から肩にかけて、海岸線がなめらかで気持ちいいですね。

お客さん、いま日本列島、からだから離してるんですけど。

殺したろか！

次は日本列島を横に倒していきますね。さっきは海岸線が凝りをほぐしていたんですけど、横に倒すとですね、今度は山の起伏が肩のツボを刺激していくんですよ。

あー、日本列島が平面になってあたってるわけですね。これもなかなか。

海岸線と山の起伏で、いま流行りの２ＷＡＹです。

２ＷＡＹって言葉が流行ったの五兆年前ぞ！

痛くないですか？

あ、ちょっと痛いです。いや、痛くないです。痛い……いや、痛くない……………痛いんやったら痛いっていえって。ドクンドクンドクンドクン。

どうされました？

や、やめろっ……ウ、ウワ〜〜〜。くくくオレの名前は肩太郎。こいつの、肩だあ。

肩からなんか咲いてるや一ん！　なにが起こっとんねん！

ぼく、実は肩のなかに魔物が棲んでいて……。アッ。くくく。ツボを刺激されたことで完全に覚醒した。オレはふだんはこいつのからだのなかに隠れているのだ。もっとも、意識がないあいだはオレがこいつをのっとっているのだがなあ。それにしても腹が減って腹が減ってたまらない。

意識がないあいだ……このお店のスタッフさん消したの肩太郎……！

そこのおまえ、食ってやる！　アッ。こら！　いい加減にしなさい肩太郎！

またなんかでてきた！

うっさい肩胛骨ババア！　死ね！　おかあさんに向かってなんて言い方するの！　ケンカはやめてくれ！　肩太郎！　肩胛骨おかあさん！

ネタの終盤であたらしいことをはじめるな。

日ごろから肩凝りを放置してたぼくが悪かった。このとおりや。ぼくに免じて今日のところは引き上げてくれ。肩太郎あんたこの前スケボー買ってきてたやろ。アレなんぼすんの。家にキックボードあるからそんないらんやないの。かっこつけよう思ってんの？　ええ？　思春期やねえ。はあなんやねんババア！　死ねやあーもう、うっざ！　うっざ！　うっっっざ！

滝場ガン無視されてるやん。ほんで肩太郎口ゲンカよわ。ていうか全体的によわ。奇妙な三人組が日常の話しとるだけ！

うざいとかいわない。おかあさんにスマブラ一回も勝ったことないくせして。うっっっっさいババアそれぜったい学校の友だちにいうなよ。ぼくはリンクを使うのが好きかなあ。ゼルダの伝説のリンク。こうね、ヤーいうて回転斬りするんですよ。ヤーいうて。(滝場、ユウキくんにぶつかる)

いたっ。うわ落ちた衝撃でマッサージ用日本列島、茨城を境にちぎれたやんけ！　はあめんどくさ。四国で殴ったろかな。四国ってちょうど手に持ちやすいんですよ。ひと殴るんひさしぶりで興奮してきたな。えいっ！
ひとを都道府県で虐げるんじゃない！
ごめんなさい。
素直やな。ええよ。許したるわ。
それは、かたじけない。肩だけに、ってね。
いやうまないねん。もうええわ。
ありがとうございましたー。

笑い声はひとつもなかった。滝場とユウキくんは間が取りにくそうだった。客を置いてく感じのネタをしていても馬場リッチバルコニーは客の笑いでリズムを取っていた。無観客で反応がなくて不安なのか、滝場はカメラマンに届けようといつもより強めにツッコんでいて、それは観ている側からすると「おもしろい」と「すべってる」のあいだの微妙な部分を漂っていた。

「んんんん。ん〜〜〜」
彩花が首を傾げて、傾げまくってベッドに倒れながらいった。

「ババアとか死ねとかこわかってんけど。わたしの気にしすぎ？　肩太郎、反抗期っぽいキャラやったから別にあれでええの？」

「あー」

「なんなんあーって」

「いや、」

俺がコンビを組んでたとしてもそれくらいのことは気にせずネタのなかでいってたと思う。ネタのなかの言葉だから俺の価値観なんかとは関係がないって割り切って。あれからもう十年なのに、俺はまだ、

「高校生みたいやんな」

「え？」

「芸人さんらって高校生みたいやん。ネタもトークも中高の男子ノリっていうか。二十代から、歳いってる芸人さんやと七十代とかやんか？　そんだけ年齢の幅あんのにやること全員変わらへんっていうか」

「あー」

「あーって。さっきから煮えきらんなあ」

「いやさあ高校のとき俺も滝場とネタ合わせしとったやん？　せやからあいつら見てたら胸

が痛むねんなー」

本当のことだったから冗談みたいにいった。

「なんやそれ。恋かよー」

俺は笑った。

「あ、ほらまたやん。またこわい感じやん」

馬場リッチバルコニーの次に出てきた〈大人自身〉は女性ふたり組で、「二〇一九年よく見たうざい女たち」というコントをしていた。いくつかのショートコントで構成されていて、そのなかの「ささいなことですぐにそれハラスメントですよという女」というネタに彩花は、はあ〜〜〜？　このネタ見たこと記憶から即消去したる。女性に女性をディスらせてよろこんでる社会のボケが……とキレていた。

うわーこれは、と俺も思った。でも思っただけ。

ネタのなかに表れてるのがたとえばもっと露骨に蔑みの言葉だったり暴力的な言葉だったら、俺もしんどさを感じて「こわい」といったりキレたりしていたのかもしれない。やっぱり俺は、いまのは芸人さんたち本人の発言というより、ネタのなかの言葉だって思って、なにかをためらってしまう。

お笑いに対しておもろい以外のことをいったりするのを俺はおそれていた。自分が楽しんで笑っているものがダメなところを持っているのだと認めたくなかった。

認めてしまうとそれに笑ってる自分も悪いことをしてるみたいだし、なにかに対してダメだってまっすぐなことをいうのはきれいごとって感じで避けてしまう。きれいごとのなにがいけないのかよく考えもせず反射的に。

それにおもろい以外のことを芸人にいうのは野暮だろうっていう、なぜか上から目線の気持ち。

俺はキモかった。高校で滝場と育ててきた「自分たち」を大事にする男子ノリは俺のなかから消えたりしてなかった。

彩花は、こわいと思ったらちゃんと口に出して伝えてくれる。俺は俺のなかにある偏りを知っていきたかった。ひとの気持ちをちゃんと考えたりしていきたかった。

そういうことを思うようになったのはここ一、二年のことで、売れてはないなりに、馬場リッチバルコニーの人気が出てきたからだった。

前々回のM1の三回戦と準々決勝のネタが動画配信サイトで公開されSNSで拡散されたのがきっかけで、馬場リッチバルコニーの知名度は上がった。

テレビや他の芸人のユーチューブチャンネルに出演する度にふたりはいじられたりだれか

をいじったりしていた。そのなかでいちばん頻繁に見受けられたのはひとの容姿についての笑いだった。共演の先輩芸人たちと滝場が、

「わーきゃーいわれてるけどよお見たら滝場なんてふつうにブスやからな」

「いやなんでなんですか！　オレなんかより〈地球の裏地〉の仙崎さんを見てくださいよ。顔面がドラクエのすべてのモンスターの集合体じゃないですか」

「いやちょいちょいちょーい。だれが顔面ＲＰＧモンスター図鑑や」

「それにハゲてるしデブやし胸だけ女やしなにより見た目がコンビ名とも名前とも合ってないし。〈地球の裏地〉の仙崎やなくて〈マグマ〉の肉太郎じゃないですか」

「ちょいちょいちょーい。架空のコンビを作るな。だれが〈マグマ〉の肉太郎やねん」

「ちょいちょいちょいってなんなんですか。さっきからそれ流行らそうとしてません？」

「肉太郎は顎で天空を割れるもんな」

「ちょいちょい！　肉太郎ちゃいますよ。ほんでだれの顎が天空の剣やねん。天までシャクレてないですやん」

「えーシャクレさせて全身お笑いマシーンにしたらええのに」

「古っ。たとえが二〇〇六年か思うくらい古いわ」

「はいはい醜い争いはそれくらいにして。じゃあ次のコーナーはこちら」

とMCの中堅芸人がいう。関西の深夜番組でのやりとりだった。

いじられるひとはツッコまないといけなかった。そうしないと笑いにならない、白けてしまうから。ツッコまれたらいじりはフリやボケということになって、それがおもしろくてもすべってもショーが成立する、そういう建前みたいなもので場が回っていた。

本当にそれをいじりたいというよりも、楽にショーを作るためにいじるような流れができていて、機械みたいに発せられるいじりいじられの声以外の、たとえば内面なんかはどうでもいいみたいだった。

俺は、こういうの嫌やな、と思いつつも、画面のなかのノリに合わせるようにして笑っていた。これはテレビでそういうパフォーマンスなんだから、そういうビジネスなんだから仕方ない、みたいに思った。なにかに気を遣うようにしていっしょに笑っていた。

不安だった。笑っていることもだったし、笑っていない自分を想像することもだった。

俺は俺がどうしたらいいか確かめるみたいに、馬場リッチバルコニーの出演があるとSNSで検索して反応を見た。

「今日もかっこいいです」「ユウキさん分け目変えました？」「やっぱおもろい」「ドラクエｗｗｗｗ」「旦那と爆笑してんけど」「見た目いじりとか昭和」「ホモソつら(^^;」「文句いってるやつは観んなよ。芸人を貶めたいだけなやつら頼むから消えてくれ」「うちのチワワ滝場さんにそっくり」「治安悪くてさすがｗ」「馬場リッチも垢抜けてきたなあ」「ネタおもしろいのにトークはふつうにこわいんよな」「いい加減に価値観かえろ」「バリウケたｗ」

馬場リッチバルコニーに対しての言葉を見ると、それがいいことでも悪いことでも俺は喉が詰まった。相方やなかった、と滝場にいわれたときのショックを小刻みに思い出すようだった。それでいて滝場とユウキくんへのコメントは、どうしてか俺に、俺のありえた未来に向いてるみたいだった。

滝場とユウキくんにあこがれていたし、嫉妬していた。

俺はそんな俺のことが好きじゃなかった。

ふたりに向けられている批判は俺にも向けられているんだと思い込んだ。思い込んだふりをした。ふたりへの批判を受け入れることで俺は馬場リッチバルコニーから離れていけるような気がした。

滝場とユウキくんが視聴者の感想をどれくらい気にしているのかは知らない。俺の時間は止まっていて、ふたりが選ばない道をいったら動き出すのかもしれない、そんな風に考えをねじった。

まっとうでいようとする当たり前のことが、俺は理由をこじつけないとできないのだった。やさしくあろうとすること。ひとを傷つけないでいようとすること。価値観を変えていくこと。そんなことをまっすぐ目指すと、だれかから馬鹿にされるように感じて。たぶん、俺のなかにそういうのを馬鹿にする気持ちがあるから。

それは、なんで？

気がついたらそうなっていた？

俺個人が？

それとも環境が？

思い出せることと思い出せないことがあって、あたらしい自分になってあたらしい言葉を獲得していかないと記憶の蓋の位置は変わらない。

俺は、滝場とユウキくんとの思い出をどうしたらいいかわからない。苦いしあたたかいし光ってる。いつまでもたとえ腐ったとしても光ってる。

俺は馬場リッチバルコニーにとり憑きながら、離れていこうとする幽霊だった。


同期でのネタライブは続いた。馬場リッチバルコニーと大人自身を含めて劇場所属の七組がネタをした。

〈あがた〉は紙芝居師が転職を踏みとどまるコントを、〈じごくのかまがあふれてる！〉は自分のことをジャンプ漫画の世界の住人だと思い込んでいる男のコントを、〈獅子虎クリニック〉はカバーアルバムで一世を風靡《ふうび》した歌手をやってみたいんやけどという漫才を、〈スミトモイワセ〉は短冊を飾るための笹を地面にちゃんと刺すことができないという漫才をした。トリを務めるのは〈つぐみぼんぼんぴょん丸〉だった。

つぐみぼんぼんぴょん丸は年末のネタ見せ番組で〈ひょんなことから〇〇シリーズものまね〉というネタを披露したことがきっかけで人気が出たピン芸人だった。

「わたしつぐみちゃんめっちゃ好きやわあ。つぐみちゃんの芸名の由来知ってる?」

「知ってる。何回も彩花から聞いたから」

俺のいうことに構わず彩花はつぐみぼんぼんぴょん丸の芸名の話をはじめた。ひとに聞かせることが毎回うれしいみたいだった。

「NHKの朝のテレビでつぐみちゃんがいうててんけどな、」

彩花はつぐみぼんぼんぴょん丸の声色をまねていう。

「『自由そうな名前にしてたらなんかいままでのノリからあらかじめ外れることができるかなって。わたしらしく、いたいんです』」

いたいんです、のところで変顔をしながら海藻みたいに揺れるのが彼女お決まりのノリだった。

「そういう本音っぽいことはギャグをまじえてやないといえへんねやなあって、あーーってなって、いっつもニッチなネタしてるけどつぐみちゃん本人はわたしとそんな変わらへんねんなあって。せやからわたしつぐみちゃんのこと大好き」

彩花はそういいながら無観客でネタをするつぐみぽんぽんぴょん丸を見つめた。

漫談の体をしたネタで、出囃子とともに登場するとつぐみぽんぽんぴょん丸は空っぽの客席と話しはじめた。「今日はだれを目当てにきてくださったんですか？」と姿のないひとりひとりに聞いては、その返事でボケていった。「かいけつゾロリ？　あーかいけつゾロリうちにはいてないんですよ。ごめんなさいね。仲間由紀恵ｗｉｔｈダウンローズもいてないんですよ。はいそちらのあなたは、え、最近はじめて飲んだカモミールティーにはまってるマネーの虎に出てくる社長？　最近はじめて飲んだカモミールティーにはまってるマネーの虎に出てくる社長やったらちょうどいるんです。ちょっと呼んできますね」とものまねに入って、そのものまねの状態で存在しない客と話しながらものまねを変えるのを次々と重ね、最終的に高速で変化を繰り返し混沌としていくネタだった。

全組のネタが終わると出演者たちによるトークがあった。

ありがとうございましたー！　と〈ヒチリキ〉の上橋をＭＣとして出演芸人が舞台上に集まった。

ネタやるんひさしぶりやったんちゃうの、どうよ無観客は、という軽いやりとりのあとは設定されたテーマに従ってのトークだった。

「じゃあ最初のテーマはこちら」

上橋がいうと、舞台の上部にあるモニターにお題が映し出された。

「えー、〈学生時代のおもしろエピソード〉」

「テーマ雑〜!」

「スタッフさんが一生懸命考えてくれはったんや」

配信のテーマトーク時に毎回やるノリだった。

芸人たちが学生時代のおもしろエピソードを短くこたえていく。授業中ずっと額に鳥の糞がついていた。体操服がずり落ちて股間が露出した。プールで股間を露出した。

トークの合間あいまに視聴者がユーチューブのチャット欄に寄せたコメントが読み上げられた。

上橋がスタッフの用意したｉＰａｄを見て、

「えーと、『おかあさんみてるよ〜』」

「あ、それオレのおかんです」

滝場がいった。

「おかあさん観てくれてんねや」

「そうなんですよー」

「待って、もういっこ、『お姉ちゃん見てるよ〜』やって」

「オレのお姉です」

「滝場の家族しかこの配信観てへんのんちゃうん」

彩花が笑う。

「観んでええいうてるやろボケ！」

滝場がそういうと、

「急に反抗期か！」

と上橋がツッコむ。

「あ、でもやっぱり『ジョウチョ！』とか『芍薬買ってきました』とか『ナシゴレンたべたことないです』とかいっぱいコメントきてるわ。劇場にまだお客さんが入れてたころとか芍薬とナシゴレンの差し入れすごかったもんな。さすが芸人男前ランキング六位と十二位。それくらいの順位がいちばんガチやもんなー」

差し入れの芍薬は毎回、滝場とユウキくんで半分に分けられた。滝場がインスタグラムにあげる写真ではいつも芍薬は冷暖房の風が直にあたって枯れながら開いていた。滝場は枯れてることはどうでもいいみたいに、開いていくことに笑っていた。

「ボクらがおもろいからですよ顔とかマジでどうでもいいですやん」

ユウキくんがいった。上橋はどことなく滝場と似たタイプで、でもユウキくんは上橋をおもしろいと思ったことがなかった。

「いやいやありがたいことやんかそうやって世間に男前っていってもらえることは。ファンのひともずいぶん増えたんちゃうの？」

「ボクらおもろい作品作ってんねやから顔じゃなくてそっちに反応してくれって話ですやん」

「ユウキ今日どうしたん。生理か？」

顔をしかめたつぐみぼんぼんぴょん丸をカメラが一瞬映してすぐに上橋とユウキくんに戻した。

「いやつぐみなんちゅう顔やねん」

再びカメラにアップされたつぐみぼんぼんぴょん丸は変顔になってなにもいわず、

「うち生理終わったとこでーす！」

大人自身のエリがいった。

「いわんでええねん。そんなんあんま公の場でいうこととちゃうやろ。ごめんなさいねー配信観てる方」

いやいや……つら……と彩花がつぶやいた。

「で話もどしますけど、顔とかどうでもいいんでボク顔にね、顔と同じ色に塗りたくった画用紙を貼りつけてネタやろうかなって思ってて。滝場の横にね、ただぼんやりとした色としてボクの顔が浮かんでるんですよ」

「そういうのあんま演者がいわん方がええって。顔ファンの方が増えるように会社もおまえらも織り込み済みで仕事してるわけやんか」

「ええボクのボケ無視ですか」

「おまえの話に乗っかってやったんやんか。はいもう顔の話とか終わりね。今日はじめて配信観たって方にいっときますけど今日が変に堅苦しいだけでね、いっつもおもしろおかしくゲームとかクイズとかやってますからね。ええとじゃあ馬場リッチバルコニーはなんかある？　学生時代のおもしろエピソード」

「あ、はい」

「ほなユウキ」

「ボクね、高校のときけっこうなワルで、大阪に入荷されたぜんぶのガリガリ君を買い占めて、袋についてる水滴を集めに集めて野に放ってたんですよ」

「もううそやん！」

「そしたらワチャワチャワチャ～っていいながら水滴が集まってきて合体し出して、ピカーッと光りながら二七〇〇メートルの川に変身したんですよ。そう、これがみなさんご存じ道頓堀川の誕生なんですよ」

「どうツッコんだらええかわからんわ！」

「えーおもんな。楽な笑いばっかりやってないでちゃんとツッコんでくれやー」

「おまえみたいなボケ処理すんのむずいねん。ツッコミ考える時間コンマ一秒でも節約するためにわかりやすいボケしてくれな場が回らんやろ」

「はあ？」

「今日の配信の流れやからいわせてもらうけど、観てるひとにナメられたくないやんか」

「なんやそれ。芸歴あるくせにいつまで気負ってんねん。そうやって思考停止するから失敗するんですよ」

「せやから、場を円滑にするためにある程度機械的になるんは仕方ないやろ」

「そうかもしれんけどちゃんと仕事してくれや」

「おまえなあ、さっきから先輩にどんな口きいとんねん。そういうのほんま気ぃつけろよ。相手がおれやなかったらあとでシメられても文句いえへんで」

「急にガチじゃないですか。ちょっとちょっとお。堅苦しいんどっちなんですかー」

「仕方ないやろそういう上下関係が大事な世界なんやから」

ユウキくんがさらになにかいいたそうなのを抑えて滝場が、

「オレもいいっすか」

「はい滝場はなに？」

「オレも高校のときけっこうなワルで、陸上部やったんすけどハードルの代わりに『おまえら並べえ！』いうて後輩四つん這いにさせて背中抉り蹴ってやってましたわ」

「ほんまにワルやん！」

それはうそで、滝場はよく過去といっしょに自分をキャラクターとしてねつ造した。相手のツッコミを呼び込んで場を回しやすいような具合に。俺といっしょに遅刻した梅雨の話なんて、笑いにならないから滝場は一度も話さなかった。

「こんなんいうてますけどこいつね、」

と獅子虎クリニックの田中がいう。

「まだコロナがこんなんなる前にね、劇場の裏の飲み屋街でおばあちゃんがしゃがみ込んどったんですけど滝場は『おばあちゃんだいじょうぶか？』って聞いて、タクシー代もなかったからおんぶして病院につれていって何時間もつきそってあげてたんですよ」

「めっちゃやさしいやん！」

「はあオレやさしないですよ！　極悪人ですやん！　梅田で目ぇ合ったやつ全員殺してますからね」

「はいはい極悪人やね。まだ時間あるみたいやからもうひとつテーマトークしてもらうからね。はいテーマはこちら。えー、〈マイブーム〉」

「テーマ雑〜！」

「スタッフさんが一生懸命考えてくれはったんや」

芸人たちがマイブームを短くこたえていく。どうぶつの森。料理。散歩。マインクラフト。読書。ユーチューブ。韓国ドラマ。グーグルマップのストリートビューで世界旅行。

「いやふつうか！　ふつうのマイブームか！　ちゃんとボケてくれや」

「ぼくのマイブームなんですけど」

とスミトモイワセの岩瀬がいった。

「肌きれいにしてます」

「芸人の回答せえや！」

「こういうコロナの時期なんであんまり出かけないようにはしてるんですけど、もし飲み会とかあってもそこそこで切り上げさせてもらって」

「それって先輩がいても？」

「肌きれいにしたいんで」

「女やん！」

と上橋がいった。

カメラは大人自身のふたりを映して、それを見越したようにエリとサエが笑っている。

「あ、女でいったら、」

〈じごくのかまがあふれてる！〉のゲンペイがいう。

「おれらの単独がね、結局コロナの影響で中止が決まったんですけど、まだ中止になるかならんかのギリギリまでネタ合わせしとったんですね。あーですねこーですねいうてネタ合わせしとったんですけど、なんか、黄色いのがずっと視界のなかひらひらしてて、え、なんの光なんやろっておもたらこいつね、マニキュア塗っとったんですよ」

「女やん！　まだイケメンアイドルとかやったらわかるけどどの顔が爪塗ってんねん」

カメラがゲンペイの相方の吉田を映す。

「アップにすな！」

と吉田。

「はいはいはいはいはい女でいうたらね、」

大人自身のエリがいう。

「いやおまえら女やん」

「まあ聞いてくださいよ。うちのサエね、今日化粧してるんですよ」

「それは別にええやん。女性にとって身だしなみは大事ですからね」

「こいついちいちやばいな」

彩花がいった。

「はい〈あがた〉の常田はなに？」

「相方のリュウ、冷え性なんですよ」

「女やん！」

「ヨガもしてます」

「女やん！　そろそろこのくだり終わっていい？　あんま続けてると炎上してまうから」

「あ、じゃあいっこだけええですか」

とスミトモイワセの住友がいう。

「もう最後やで」

「岩瀬なんですけど、ツッコむときしばくのかわいそうで嫌やわって」

「女やん！」

「男やん！」

つぐみぼんぼんぴょん丸がいった。

「男やん！　『女やん！』って笑いにして女のこと馬鹿にすんのめっちゃ男やん！」

一瞬場が静かになって、つぐみぼんぼんぴょん丸は変顔をしながら「男やないかーい」といった。

「そういう見世物なんやからしゃあないやろ」

滝場がいった。

「男やん。そうやって、すぐ仕方ないやろっていうの男やん」

「は？　おまえ、売れてるからって調子乗ってるやろ。全員で笑い作ってんねやんけ。輪を乱すなよ」

「男やん。その考え方男やん」

「男社会って知ってて芸人やってるんちゃうんかよ」

「男やん」

「ちゃんとこたえろや」

「男やん。はぐらかしてばっかりでちゃんと話せへんのは男の方やん」

はっきりマイクが拾うくらい大きな舌打ちを滝場がした。

そのあと、一、二秒の間が空き、

「お、男やーんっ男やーん」

と、つぐみぼんぼんぴょん丸の立つ位置にかぶるようにしてスミトモイワセの岩瀬がいって、

「なーんちゃって」

と、両手両足を広げておどけながら、大人自身のエリがふたりの前に出ていった。

「どうすんねんこの空気！」

と上橋。

「つぐみも滝場もケンカはだめですから。プロならしっかり笑いを取ってね。これで終わるとかほんま観てくれた方ごめんなさいね。えっとじゃあラスト、なんか告知あるひとー」

何事もなかったみたいに各芸人がユーチューブチャンネルの告知をして配信が終わった。

観ていた四〇〇人ほどの客はＳＮＳ等に騒ぎになるような書き込みはしなかった。「つぐみちゃん応援してます」「エリさんもほんまは嫌なんかもって思いました」観ていたひとにだけわかるようなコメントが続いた。

彩花は俺にもたれかかって、なにもいわずそれらを見ていた。俺は嫌だった。俺にはたいしてなにもいえないと、俺が俺自身にあきらめていることが。

それから少し経つと緊急事態宣言が出され、無観客の配信さえも中止になった。劇場のチャンネルが主催するリモート配信以外は馬場リッチバルコニーの仕事はゼロになった。

俺にとってはあまり記憶がない時期だった。仕事の多くは出社してではなく自宅で行うようになった。働いているホテルは三月のはじめから客を入れることをやめ、バイトの数も制限して社員だけは出勤して事務作業をこなす毎日を送っていたが、緊急事態宣言が出されてからは社員の出社も一日にひとり体制になった。

ほとんど家に閉じこもって急に発生したひとりのゆったりとした時間と反比例するように夥《おびただ》しい出来事が起きた。それは感染者の数だったり、ウイルスへの対応として発生したあたらしいフレーズや政策やそれに対する抗議や抗議に対する抗議や冷笑といった言葉だった。チェックしていないとすぐ日々に取り残されてしまいそうでSNSをいつも以上に確認した。彩花とは会わなくなった。彩花だけでなくだれとも。たまに散歩をしに家から出ると街には静けさが満ちていた。それはそれでのどかで、感染やその情報による不安とのギャップで混乱が心に積まれていった。

この期間、お笑いが俺を救ってくれていた。笑いはストレスを発散してくれた。それと同時に笑いが嫌だった。見た目や性別をいじられることで傷つくひとがいるんだと想像して俺は傷ついていた。でもそれでツッコミとボケの流れが生まれて芸人さんたちは彼らなりの仕事をしているのだからひどいいじりをされてる本人は案外平気なのかもしれなかった。でもそんなのこそ本人にしかわからない。傷ついているのかもしれない。それでもあるノリが発生するとそれに抵抗することはむずかしい。訂正したり抗議すると笑いにならないから笑いのためにノリに参加する。そういうショーだから。でもそれは彼らのなかだけでは完結せず、観ている人々がまねをするのだった。芸人たちのやりとりから仕事の部分が剝ぎ取られて、あとに残った傷だけが笑いのかたちをまとって広がっていくのだった。

個人のレベルでも集団のレベルでも、あたらしいことに対応しようともがけばもがくほど、あらかじめ持っていたものが噴出していた。規模が大きくなるほどにそれはひどかった。国の対応ひとつひとつに男社会がまとわりつく。彩花は体調を崩していた。俺はなにもできなかった。会いにもいけない。いっしょに憤っていると電話で話すだけ。この期間を思い出すことがつらい。俺は擦り減っていて、滝場とユウキくんも、それぞれなりに心を潰していた。

四月、滝場はリモートCMへの出演でブレイクした。

芸人たちによるリモート呑みの体をしながら、しじみ汁の宣伝と「ステイホーム」を呼びかけるCMで、滝場がふだんから仲良くしているベテランのピン芸人〈石川浦すい〉と数年前のM1ファイナリストになったことをきっかけに売れた〈ニシン〉のツッコミ篠原と滝場の三人が出演した。ふだんからそのメンツで呑んでいるとはいえ、滝場にとっては大抜擢といってよかった。ビデオ通話の分割画面で三人が正面を向きながら会話をしている。

「石川さんこの期間なにしてますー？」

「おれかぁ。おれはもっぱら、これやんけ。呑みのおともにええねんなー。二日酔いにならへんねん」

「あーうまいですもんねーそれ。ソォレソレソレ！　ソォレソレソレステイホーム！」

「ステイホーム」

「ギャグないから石川さんふつうー」

「ステイホーム」

「いや滝場もなんでふつうー。あ、うまあこれ」

「おっれーらーはだいじょーぶ」

なんやそれ、と篠原が勢いよくツッコみそうになったところでナレーションが商品名をいってＣＭは終わるのだった。

滝場がいう、ネタでもギャグでも歌でもない、ただリズムに乗せた、

「おっれーらーはだいじょーぶ」

は流行った。

「ステイホーム」と繰り返しいって外出自粛を笑いながら達成しようとするようなＣＭの親

密な空気感と相まって、「おれら」という言葉はその画面の芸人だけじゃなくて視聴者も巻き込んだ。「おれらってだれのことやねん！」と彩花はキレてる文面を俺に送ってきたし、「おれら」っていうのが男社会をさしてるみたいに思えると違和感をSNSやブログに書くひともいたが、取り上げられれば取り上げられるほど、「おっれーらーはだいじょーぶ」は素朴に、人々を励ます言葉として受け止められた。「おっれーらーはだいじょーぶ」はそこだけ切り取られてユーチューブに五秒間の広告としても流れた。緊急事態宣言が解除されるとCMは「ステイホーム」を取り除いた別バージョンに変わり、後半、三人で「おっれーらーはだいじょーぶ」というのだった。石川浦すいとニシンの篠原がすでに売れっ子であらたな起用の余地が少ない分だけ、一般的にはほぼ無名だった滝場は売れた。馬場リッチバルコニーのなかで滝場だけが売れた。しょおもな、とユウキくんは思った。

〇

劇場が再開したのは六月初旬だった。緊急事態宣言は解除されたが、しばらくは客を入れずに劇場からの有料配信というかたちを取ることになった。

最初の公演は寄席形式だった。劇場所属メンバーのなかから三十六組がネタを行う、前後半に分かれた三時間の配信だった。

漫才は真ん中にひとの大きさのアクリル板を挟んで1・8メートル芸人同士の距離を開けて行われた。以前だと舞台の真ん中に置かれていたスタンドマイクはひとりにつきひとつ用意されることになった。アクリル板とマイクは各組ごとに消毒のために入れ替えられるのだった。

コントの場合はアクリル板はないけれど、1・8メートルのソーシャルディスタンスは保たないといけなかった。舞台上のだれかが接近してくれれば、他の演者はその分だけ距離を取る必要があった。その距離の徹底は舞台上に見えない壁が出現したようなもので、ほとんどのコントにとってノイズにしかならなかった。漫才でもコントでも、人数が多いほど保つべき距離も増えてやりにくかった。叩く系のツッコミや特定のシチュエーションコントなど、接触を笑いの要としていた組のなかにはできるネタがゼロになったところもあった。

馬場リッチバルコニーは基本しゃべくりながらふたりともがそれぞれとしてボケていく漫才を多く持っていたから、アクリル板を挟んでいてもまだネタがやりやすい方だった。けれど馬場リッチバルコニーは再開後はじめての寄席でネタをしなかった。滝場がテレビのスタジオ収録にいっていたから、できなかった。

衝撃映像と動物のかわいい映像を芸能人たちがスタジオで観る番組だった。パンダが遊具の上から落っこちたり空に謎の光が現れるのを観てはMCにフラれた滝場がスカスカのひな壇の上で「おっれーらーはだいじょーぶ」といっていたそのころ、ユウキくんは劇場の客席に座って公演を観ていた。客入れを再開したときに想定されるコロナ対策のための間隔を保って、他の何人かの芸人とともに舞台上を観ていた。

俺はそのとき、撤収業務に追われていた。働いているホテルが営業を終了することを決めた。ホテルが入っているビルから備品をすべて撤去しなければいけなかった。ベッドや布団、部屋のテレビ、客が使うロッカー、ラウンジの机と椅子……その他あれこれをすべて処分する。保管場所なんてないし、あたらしく別のところでなにかをはじめる余裕なんて会社にないから。撤去にあたって業者に入ってもらってはいるが、俺は社員としてある程度の指揮と、ある程度の肉体労働をしてヘトヘトになっていた。

好きな漫才も好きなコントも、前よりおもしろいなんてことはなかった。観ててつらかった。でもなにより、せっかく劇場再開したのにネタがやれへんのがほんま嫌やった。

あとになってユウキくんからそう聞いた。

ユウキくんは寄席が終わるとさっさと家路に就いた。劇場に残っていたらたぶん滝場のことを聞かれると思ったから。相方だけが売れていることで、胸の内になにかがのしかかっていた。

夜の街を歩くひとたちは無言で、雨のなか傘の大きさだけ自分を守るように見えた。雨は一定のリズムで電灯の光の範囲を主張した。

「待ってや〜」

つぐみぼんぼんぴょん丸の声が後ろからして、ユウキくんのななめ前に回り込んできた。

「お。よお。打ち上げはええの？」

「いうても楽屋で一杯だけ、しかも距離保ってやもん。帰ってひとりで呑みたいし」

帰る方向が同じだった。同期のなかでもつぐみぼんぼんぴょん丸はかなり話しやすい方だし、いっしょにいて落ち着いた。

ひとりごとみたいにユウキくんはいった。

「コロナほんま嫌やわ」

「嫌やなあ」

「〈あがた〉がさあ、おもしろくなくなってたやん」

あがたはこれまでキングオブコントの決勝に二回残ったことがあり劇場からも推されてい

た。

「『傷つけない笑い』とか最近よくいわれるやん。あがたの笑いは傷つけるとか傷つけへんとかいうラインをデビューしたときから越えとったやん」

「世界観ってこと？　いわれてみればそうやな」

オリジナルの紙芝居やゲームや漫画など、独特にデフォルメした設定があがたのネタの特徴だった。そのなかで、はじかれものたちが心理的にも物理的にも距離を変えていき、ふたりと世界の距離が笑いを生むのだった。でもそこにソーシャルディスタンスが入ってきて世界は1・8メートルの距離に切断されていた。

「めっちゃ大量の芸人とかバラエティ番組とかがその時代その時代の視聴者っていう大衆との最大公約数を基準にしたような笑いをするなかでさあ、あがたはそんな基準越えてたやん。客の理解可能な枠のなかで笑いを取るんじゃなくてさ、自分らで作り上げた作品のなかのふり幅で笑いを取ってるやんか。今日の寄席、あいつらのテンポとかは変わらんのに観てる側にとってあのソーシャルディスタンスがコントを食っとったやん。観てて悔しかったわ」

「そのうちソーシャルディスタンスも漫才のアクリル板もなくなるって。こんな限定的な状況でおもろいとかおもんないとかあんまり気にしたらつらくなるだけやで」

「だって！　おもろくなかったら不安やん！」

「ユウキくんはお笑いが好きやねんな。だいじょうぶやって。そんなにお笑いが好きなユウキくんには笑いの神さまがついてるって」

「なにをくさいことというとんねん」

「ほんでユウキくんは、お笑いだけじゃなくて滝場のことも大好きやねん」

「え、なんなん」

つぐみぼんぼんぴょん丸が笑う。

「わ」

ユウキくんはとつぜんの水溜まりを大股で越え、その先でつぐみぼんぼんぴょん丸の手を取った。

「いける？」

「よっ、と。ありがとう」

「つぐみはどっちかっていうと滝場のこと嫌いやろ」

「けっこう嫌いやな」

「ははは」

「でも馬場リッチのことは好きやからなー。あ、せや。今度わたしさあ、〈とるにたらんTV〉出るねん。家からリモート収録やけど」

「ええなー」

お笑いコンビ〈蛇足《だそく》〉がMCを務める深夜番組〈蛇足のとるにたらんTV〉は若手芸人がロケとして街を徘徊しながら「とるにたらん」クイズを出題し、スタジオにいる蛇足とゲストが回答していく番組。コロナの影響でロケにいけないので、最近の放送はスタジオにいる蛇足がセレクトした過去ロケの傑作選をリモートでモニター出演するゲストといっしょに観るという内容だった。その〈とるにたらんTV〉に、

「滝場も出るねん」

「ええ。あいつ、売れていきよるなあ」

いいながらユウキくんは、うれしさより嫉妬と不安が占める自分に喉がつっかえそうになっていた。

収録は来週ということだった。ユウキくんはスマホの天気予報アプリを開き、

「めっちゃ梅雨やなー。つぐみ知ってたっけ。滝場は梅雨があかんねん」

「へえー」

「じごくのかまがあふれてる！　ってレベルで」

「同期のコンビ名たとえに使うやつはじめて見たわ」

「まあボケではなく実際そんな感じにな」

「へえーそうなんや」

「でもな、なんていうんやろ。鬱の反動であいつバキバキに躁《そう》になんねんな。それでえげつなくウケることもあって。その分悪ノリにもいつも以上に乗ってまうんやけど。この前の、あの『男やん！』の配信のときも……あれおもろかったなあ。上橋さん顔真っ赤になってて」

「おもろい思うんやったら乗っかってきてくれたらええのに」

「平場のトーク苦手やねんボク」

「どうかと思うでそういう傍観みたいなん」

「ごめんごめん」

「え。で。あのときの滝場の嫌な感じも雨のせいやねんとかいわんといてな」

「いわへんいわへん。いわへんけど」

「ふぅーん。まあ気ぃなんか遣わへんけど。一応覚えといたるわ。あ、じゃあわたしこっち」

「ほなな」

といって別れた。

ユウキくんは雨が好きだけれども、気を許しただれかといるときの雨のしぶきのあたたかさも、ひとりになると鬱陶しかった。心のなかが冷えてしまわないよう早歩きで家に帰り、テレビを点けると滝場が出ていた。漢字の書き順をあてるクイズ番組だった。回答者の座席の間隔を離して人数も減らし、コロナの対策をした上でのスタジオ収録だった。何百万円も費やされた華美なセットを使って芸能人たちが一時間ずっと漢字の書き順をあてるクイズ番組。

ゴールデンタイムの番組に滝場が出るのははじめてだった。ユウキくんは出たことがない。自己紹介のとき滝場は「おっれーらーはだいじょーぶ。どーもー馬場リッチバルコニーの滝場トモヒロでーす」といった。他の演者も、滝場本人さえそのフレーズをいうのが当たり前みたいな顔をしていた。おまえの持ちギャグはどこいってん、とユウキくんはいい気分ではなかった。ＳＮＳで検索をすると前からのファンは「ジョウチョ！」と書いてくれていたけれど、すぐに大量の「おっれーらーはだいじょーぶ」の書き込みに埋もれた。

滝場がこういう売れ方をしてから、同期も仲のいい芸人もいかに名前を売るかをそれまで以上に考えていてクソだとユウキくんは思った。まともにネタができないコロナの時期だから、余計にみんなどう売れるかばかりを考えている。ビデオ通話のお互いに正面を向いた分割画面を使って配信をしたり、この期間でユーチューブチャンネルを開設するコンビが身の周りにもたくさんいた。

滝場もソロでのチャンネルを持った。おもしろいことは一切せず、おすすめグッズやモーニングルーティンを紹介してる。いちばん再生回数が多いのは「【おっれーらーはだいじょーぶ】ワンピースの好きなキャラランキング10【ルフィ】」。好きなキャラのことを語りながらときどき思い出したように笑いを入れる。それも、ふだん馬場リッチバルコニーがやってるようなものではなくて、もっとテレビ的なものだった。いまだって、

「うわーまちがえたかー！　あーそっちか～！」

と、漢字の書き順を間違えた滝場がいっている。それがボケであるみたいにウケた。正解に対しての間違い、その程度でだいじょうぶ。なんでもいいから高低差とか意外性を見せることができればそれが笑いのサインだと示すことができる。そのサインを見て出演者たちが笑う。出演者たちが笑ってたら視聴者が笑うだろうって、ひとをナメた番組ばっかり。たぶん滝場はそういうのに向いてる。あいつは自分をなくすことができる。せやから、とユウキくんは思った。ボクがおもろいと思うネタにも染まってくれるやろうって滝場に期待した。実際にこなしてくれた。ボクが書いてきたものをあいつはちゃんと漫才にしてくれた。ボクはおまえといっしょに漫才がしたい。

しょおもない売れ方したら、いっしょに漫才をする時間なんてなくなるやんけ。

ひとりでのテレビ出演とボクとの漫才、天秤にかけてみて、あいつがボクを選ぶ未来の方が想像しにくかった。

あいつはたぶんもっとひとりで売れる。こんな限定的な状況でテレビの出演者が使い捨てみたいに入れ替わるとは考えにくかった。コロナの状況に乗って滝場はいけるところまでいこうとするんだろう。

「うわーぜんぜん正解できひんやん。ちょっと時間巻き戻せないですかね」

滝場がテレビのなかでいうと爆笑した顔が映し出される。笑いだけ別撮りで挿し込まれてるみたいな。

だっさ、とユウキくんは思うけれど、滝場やテレビを蔑む気持ちに集中できなかった。自分のおもろいと思う笑いだけを突き詰めたい。でも、ユウキくんのなかには、滝場が売れていくことを期待する気持ちもあった。

滝場が売れてるから、馬場リッチバルコニー自体は生き残ることができそうだった。

ボクは正直、売れることにそこまで関心がない。劇場でネタがしたい。ネタだけをしてたい。ネタだけで笑いを生んでいたい。でもそんなんは理想論で、どっかに余裕があるから、バイトせんでいい程度には稼ぎがあるから思えるだけなんやろう。ましてやこんなコロナの時期。

ユウキくんが住んでいる1Kのアパートは高校時代と変わらないくらい質素だった。テレビと何冊かの本と畳まれた服。ユウキくんはお金を使うことへの興味がなかった。興味がないからけっこう貯金をしていて、だからたまたま生活をしのげているだけ。

この期間、仕事もバイトもゼロの芸人なんて大量にいる。ユーチューブライブやブログの投げ銭機能で寄付を募ったり、ウーバーイーツをはじめたり、実家に帰って家業を継いだり就職した後輩だっている。苦肉の策にはちがいないけれど、もうずっと前から、芸人も副業が当たり前の時代になっていた。ネタ一本でいきたいなんて古過ぎる価値観だってわかってる。こんな世の中で、まず物理的に無理なのかもしれない。それでもボクは、ボクは……。

ユウキくんはテレビを消して、新ネタを作ろうとパソコンを開いた。ユウキくんはいつもネタを作るとき、まずなにか気になったフレーズを書いて、そこからの連想ゲームのようにネタを書いていった。書き方と、その成果としてできたネタの構成はおおむね合致していた。このときはアクリル板をメインに連想を掘っていこうと思った。アクリル板をあいだに挟んでの漫才を今後いつまでしないといけないのかわからない。長く続くのかもしれないし、もう来月にはなくなってるのかもしれない。やる側が慣れたとしても、客が気にするならネタが傷つく。笑いが傷つかない漫才がしたい。

ユウキくんは滝場の声と動きを想像しながら書き進めた。行き詰まると、小説にうつった。

去年、男前ランキング発表の直後に会社から馬場リッチバルコニーのグッズとしてフォトブックを出さないかといわれた。規模は小さくてもただの写真集になるのは癪《しゃく》だから、こっちが自由にできるページをいくつかほしいという条件でユウキくんはオッケーを出した。滝場は売れるんならなんでもええわ、といった。ユウキくんは、顔が目当てで本を取ったファンを置いていくようなエッセイや小説を書くつもりだった。ファンを少しこわがらせるような。ボクらをアイドルとか、BLみたいに見てくるひとらを幻滅させるような。

最初はその気だった。でもファンをこわがらせたいって、ふつうにそれはなんか、女性蔑視なんとちゃうんか？

ていうか、なんやろう、ジェンダーへの嫌悪感？

恋愛とか消費への苛立ち？

そんなん書いても疲れるばっかりやろ、とユウキくんは、純粋に自分がおもしろいと思うエッセイや小説を書きたい気持ちになっていた。

このときは、今年M1が開かれるかどうかもまだわからなかった。ネタと文章はかろうじてユウキくんのモチベーションになっていたけれど、目標のない毎日だった。ユウキくんはその虚ろから、いちばんギラギラしていた日々に吸われるようにして小説を書いた。それはコロナ以前の滝場とともに賞レースを見据えて単独ライブを打ちまくっていた時期でも、劇場の所属メンバー入りを目指してオーディションを受けていた時期でも養成所時代でもなくて、高校二年、滝場とはじめて出会ったあのころだった。

ダビデ公園の跡地で、あのときはよかったな、とユウキくんは俺にいった。

ふたりに収まってしまう前、三人で公園におるときボクはけっこうピリついてたなあ。滝場のことを咲太から奪ったろうと思ってたんやで？

ユウキくんが笑いながらいう。

俺は笑った。

小説と漫才は似ていた。描かれてるものは本当はそこにはないのに、みんなそれがそこにあるという体を信じている。「これやってみたいんやけど」とはじめる漫才のシチュエーションも小説の設定も、それがうそだとわかっているのに作り手と客で共犯するように信じて、半分うそで半分本当のショーになっていた。

ユウキくんはネタが進行していくように連想で小説を書いた。ときには漫才と小説のあいだで言葉を交換してみた。小説の言葉はなめらかさを志向し漫才の言葉は凸凹を志向した。馬場リッチバルコニーの漫才で使うようなたとえを小説に比喩として持ってくると、それを浮かせないために語りをひょうきんにするか、それともいっそツッコミの言葉とセットにしてしまうとうまくいった。

フォトブック用の小説に書いたフレーズを漫才に入れ込むときにはそれをボケたらしめるために、けれど全体から浮かないようにツッコミを単なるツッコミというよりもボケ寄りのツッコミに調節した。

結局、ツッコミがあるとユウキくんからあふれる言葉は収まりがつく。凹凸というなめらかさになるのだった。それはひび割れを見ずにはぐらかすようなかたちをしていた。言葉の取引は世界を広げていった。でもまだこれはボクの頭のなかで起きてることでしかない。一方的に滝場を求めているだけだった。

ユウキくんはネタと小説を交互に書いた。集中したかった。なにかに集中することで心に蓋をするようにして。風景を描写するのが気持ちよかった。このコロナ禍の日々で、ボクとあいつを繫ぐ風景は極端に乏しくなっていたから。

気を抜くと、胸が内側からなにかに染まるように痛んだ。コロナの影響で変わった漫才と売れた滝場に心を占められていた。それはそのまま傷みたいに残って主張をした。

はあー、とユウキくんは長いため息をついた。

ボクも、滝場のおこぼれでテレビに呼ばれたりするんやろうか。

ユウキくんは椅子に深くもたれ、天井を仰ぎながら想像した。隣で滝場が、

「おっれーらーはだいじょーぶ」

ということろを。

ユウキくんはまたため息をついて、

「だいじょうぶやないやろ」

とつぶやいた。

ユウキくんの想像は実際に訪れた。テレビ出演じゃなくて、劇場での漫才だったけど。

六月中旬から劇場は客を入れるようになった。その日の寄席は馬場リッチバルコニーの出番もあった。

ユウキくんと滝場は早めに楽屋入りしてネタ合わせをした。本番と同じように間隔を開けたやりとり。それがユウキくんには少し安心だった。相方だけ売れてる気まずさを滝場本人に対してまだどうにかしたりしたくはなかった。

新鮮さを残すためほどほどにネタ合わせを終え、そのあとは出番まで滝場は劇場内を歩き回った。いつも梅雨時に避難する喫煙所はひとが密集しないように封鎖されていた。歩きながら、だれかに呼び止められるとうれしそうに近況を報告した。このあとに自宅から行うリモート収録のことを後輩に吹聴している滝場の笑い声が、楽屋の隅に座っているユウキくんにもうっすら聞こえてきた。この前つぐみぼんぼんぴょん丸から聞いた〈とるにたらんT

V〉の話だった。ユウキくんは口のなかで漫才の繋ぎ目部分を中心に繰り返した。滝場の人気のために、出番時間としていつもよりも長い尺をもらっていた。

そして本番、ネタは途中からネタにならずに狂っていった。

出囃子が鳴り、
どーもー！

といいながら馬場リッチバルコニーが出ていくと、コロナ対策でふだんの八分の一ほどしか客を入れていないスカスカの客席からはっきりと歓声が聞こえた。それに乗るようにして、

「おっれーらーはだいじょーぶ」

と滝場がいうと歓声はさらに大きくなり、だいじょうぶやないやろ、とユウキくんはつぶやいた。滝場も自分だけに聞こえるようになにかいっていた。俺はその様子をオンラインで観ていたけれど、滝場の言葉を読み取れなかった。

歓声の隙間から馬場リッチバルコニーの漫才がはじまった。


どうもー馬場リッチバルコニーです。お願いします。

お願いしますー。

いやー三か月ぶりですよみなさん。

そうですよ。聞きました？　三か月ぶりに岩瀬の飼ってる犬がごはんをおかわりして。直前のネタを拾わんでええねん。さっき〈スミトモイワセ〉がネタのなかでいってたけども。まあね、三か月ぶりに犬がごはんをおかわりしたんもめでたいですけどね、なんと馬場リッチバルコニーが実際にお客さんの前で漫才をするのが三か月ぶり。ちょうど１００日ぶりということで。

あー拍手ありがとうございますー。１００日後に漫才する馬場リッチバルコニーですー。１００日後に死ぬワニみたいにいわんでええねん。ほんでもうなんか懐かしいな１００日後に死ぬワニて。

まあそれくらいこの自粛期間は長く感じられたからね。なんか緊張してまうわ。

まあなー。

さっきからこいつなんて緊張のあまりひと言もしゃべってへん。おまえもちょっとはしゃべれや。

だれに話してんねん。漫才やりたすぎて頭おかしなったんか。

あかん、こいつかたまってもうとるわ。ごめんなさいねーお客さん。ね。せっかくトリオでやっとるのにね。

いやこれ馬場リッチバルコニーの三人目とちゃうねん！　アクリル板やねん！　確かに真ん中で存在感あるけれども！　ずっとかたまってひと言もしゃべってへんけれども！　ちがいますよ。ぼくが滝場でこいつがユウキで、ふたりで馬場リッチバルコニーですからね。名前だけでも覚えて帰ってくださいね。

あの、ちょっと待って。なんか今日の漫才、えらいスタンダードやない？

ひさしぶりやからや！　お客さん入ってるんひさしぶりやからや！

ふつうのことを持ちギャグみたいにいうな。

いつまでこの状況が続くかわからんやろ。まずはスタンダードな漫才をしてアクリル板にボクとおまえに親しみを持ってもらおうと思って。

え、アクリル板がオレらになん？　オレらがアクリル板にでも、お客さんがアクリル板にでもなくて？

うん。アクリル板がボクらに。アクリル板と友だちになりたいねん。

アクリル板と友だちになりたいんけ。

アクリル板は相方やないけど、でもしばらくのあいだボクらと舞台に立ってるわけやから。だから今日はアクリル板と友だちになろうと思って。お客さんたちは、ボクがアクリル板と友だちになるのを見といてください。

これは漫才やのうてユウキがアクリル板と友だちになる時間でしたー。

ジーーッ。

なにしてんねんこっち向いて。

おまえやない。アクリル板を見つめてるんや。アクリル板を見つめてるときアクリル板もまたボクを見つめてるんや。

なに？　アクリル板を見つめてるとき？　アクリル板もまたおまえを見つめてる？　えーっと……よお考えたらふつうのことやないかい。いやそもそもふつうはアクリル板を見つめへんわ。あれ。見つめへんのか？　オレもアクリル板を見つめてしまっとる。でも、あれ？

オレが見とるんはアクリル板やなくてユウキやぞ？　いや、ユウキを見てるっていうことはアクリル板を見てるんか？　いや頭おかしなるわ！

そういうときはな、ボクだけを見といたらええねん。

やめろや恥ずい。1・8メートル開いとったら余計恥ずいわ。

あとねえ、アクリル板にいってやりたいことがあるんやけど。ちょっといってみていい？

ええけど。

まあな、きみもな、とつぜん芸人なんかに挟まれて不安やろ。そんなきみにな、いいたいことがあるねんけどな、おっれーらーはだいじょーぶ。

それオレのや！

いやー。これがやりたくてこのネタ書いたんですよ。おっれーらーはだいじょーぶ。それにしてもやればやるほどおもんないなあこれ。

おまえオレのことナメてんのか。

だあれもこれがおもしろいと思ってないもんな。これで笑って仲間感出すことで安心してるだけやもんな。あーあ。しょおもな。おまえ漫才師になりたかったんちゃうんか。

いま漫才やっとるやんけ。おまえさっきからなんやねん。おまえこそ白けるようなことばっかいうて漫才ナメてんのか。

これが漫才かよ。萎縮してアクリル板も黙ってもうとるわ。

最初からや。最初からアクリル板は話さへんねん。透明でずっとここに立っとるねん。

それだれのこというとるん。

は？　おまえが想像しとるやつのこととちゃうぞ。あいつは透明やないやろ。強いていうなら半透明やろ。てかこの会話だれがわかんねん。ごめんなさいねお客さん。

咲太みてる〜？

やめろやめろ。話をそっちに持ってくな。おまえが漫才やる気あんのかって話しとったんやから。オレらの問題やねん。

「オレら」なあ。

オレとおまえのことやんけ。

いうて、ボクも置いてけぼりやからな。おまえがしょおもない売れ方すればするほど、馬場リッチがネタをする時間なんかなくなってくやん。

なにいうてんねん。売れへんかったら意味ないやろ。おまえちょっとはオレの活躍よろこべや。これでオレら売れるかもしれんねんぞ。

売れて、その先はどこまでいく？　いくとこまでいってワイドショーのMCか？　チャンネル登録者数100万人か？　おまえ、なんのために芸人になってん。ボクがおまえとネタをやる時間を返せや！　漫才したないんかよ！

したいにきまってるやろ。でも仕方ないやろ。それに露出増えたら漫才できるチャンスも増えるかもしれへんやろうが。オレ、まだまだ売れたてやろ。ほんまに売れるかなんてまだわからへん。ヒットの過程にしかおらんやろうが。おまえはなに焦ってんねん！

焦りもするわこんな時期！　いつまで、いつまで未来が続くかもわからん時期！

長い目で見ろや！　ずっとそうやって刹那的やん！　テレビとかユーチューブとかのことずっと馬鹿にしてるやん！　ひとが生計を立てていこうとしてるだけのことやんか！　生きてこうとしてるだけやんか！　芸人やったら芸人らしいことだけしとけとかいうおまえの考

え古いねん！

……わかっとるわ！

わかってへんやろ！　将来のことちゃんと考えろや！

ハッ。将来のことちゃんと考えてるおまえが、テレビ笑いにばっか順応して漫才が下手にならんかったらええけどなあ。

なんやおまえ。殺したろか。

「コロシテクレ」って書いてきたんだれやねん。

そんなん十年も前やぞ！

いまもおまえはカラッポやんけ！　いまの方がカラッポやんけ！

おまえが望んだんやろ！　つか人前でこんな話すんなや！

怒鳴んなや！　アクリル板がこわがるやんけ！

おまえ、さっきからちょいちょいボケてむかつくなあ！

ボケんなっていうんか！

いうてへんわ！　おまえはボケろや！　オレもボケるしツッコむわ！　ふたりでボケてツッコみ合おうや！

おまえがそれを邪魔するような売れ方しとんねやろ！　なにをいいことといったったみたい

な顔しとんねん！　死ね！

仕方ないやろ！　オレにどうにかできることかよ！　ひとに死ねとかいうな！

ごめん！　でもおまえどうにかせえや！

仕方ないことやっていうとるやんけ！

将来を考えてへんのはどっちじゃ！　そうやっておまえはボクらの未来をあきらめんのか！　ボクは生きてて漫才するんだけが楽しみやねん！　ボクは、ボクはおまえと漫才したいねん！


そういうと、ユウキくんは滝場に殴りかかった。

振りかぶった格好で顔面を勢いよくアクリル板にぶつけ、ユウキくんはそれといっしょに舞台に倒れた。

「なんやねん。もうええわ」

滝場はそのまま、相方を置いて舞台袖にはけていった。

衣装を着替えもせず、かばんだけ持って劇場を出るとき、肩を叩かれた。

目の前になにか薄暗いかたまりがあって、それがユウキくんの拳だと気づいたときには殴られていた。

血が道路に落ち、雨で溶けていく。

切れた口の端を拭うと滝場はいった。

「オレこのあと仕事やから帰るわ」

殴り返せや！

と叫ぶユウキくんの声なんて聞こえなかったみたいに。


傘もささずに帰った。雨のしんどさが馬場リッチバルコニーの憂鬱を紛らわせてくれていた。滝場はそんな風に思った。でも呑み込み合って膨れただけだった。振り切るには無になるようにハイテンションでいるしかなかった。

〈蛇足のとるにたらんＴＶ〉のリモート収録、滝場はテレビ局から送られてきたタブレット端末の前で、「おっれーらーはだいじょーぶ！」「おっれーらーはだいじょーぶ！」「おっれーらーはだいじょーぶ！」と繰り返しいった。

「おいラリッとんか」

と蛇足のツッコミの唐木《からき》がいってひと笑い起きた。

オープニングトークで唐木のツッコミすべてとかぶるようにつぐみぼんぼんぴょん丸が変

顔をした。

「のっけから渋滞さすな。はいＶＴＲいくぞ」

とボケの原田がいって映像が流れた。

三年前、番組がはじまった当初の真夏、蛇足が和歌山の砂浜で水着姿の女性たちにほぼナンパのようにしてインタビューしていくロケ映像だった。それを四人で観ながらコメントをし、ＶＴＲが終わるとフリートークだった。スタジオには蛇足のふたりだけで、つぐみぼんぼんぴょん丸と滝場はそれぞれの自宅からの参加。

「しかしあんだけひとが密集してるビーチ、過去の映像やってわかっててもいま観たら脳から変な汁出てくるな」

原田がいって、

「いまコロナであんな集まれんもんなあー」

と唐木。

「ほんまにねえ」

つぐみぼんぼんぴょん丸。

「しみじみしとるこの空気を台無しにするようなことといっていい？」

原田がいった。

「つぐみって好きな男性のタイプどんなんなん」

「急に後輩芸人を女として見るな！」

「いやワシかてな、ワシかて別につぐみのことは大事な後輩以外になんとも思ってないで。せやけどさっきそういうＶＴＲ観たとこやし、あとワシひとに会わなさすぎてさびしなっとるんや」

「ナイーブ少年かい」

「えー好きな男性のタイプなんやろう。好きな女性のタイプでもいいですか？」

「ちょっと待ってってつぐみ。そっちはワシらには扱いきれん。先輩の価値観を試すな。おれらそこらへんの中年男性なんやぞ」

「滝場から見てどうなんつぐみは。おまえら同期みんななかよさそうやん。なんか浮いた話とかないん」

「その話続けるんか」

「いやあー、浮いた話とかはあんまないっすねー。ぼくもね、実はいま売れてるんですけど、」

「あんま自分でいうな」

「でも収録とかはやっぱこうやってリモートとか、もしスタジオいけてもぜんぜん少人数で女優さんとかとも会う機会ないし。ぼくもさびしいっすねえ」

「ええ滝場だいじょうぶなんか？」

「おっれーらーはだいじょーぶ」

「それそうやって使うもんとちゃうやろ。ほんでフリが下手か」

滝場の殴られて腫れたくちびるにはだれも触れなかった。そのとき滝場と蛇足のふたりは笑っていて、つぐみぼんぼんぴょん丸は無表情でいた。

「てかさあ、」

と滝場がいった。

「つぐみ化粧変わった？　なんかいい女になってない？」

「同期をくどくな」

と唐木。

「つぐみ今度抱かせてや。リモートで、エアでええから」

「公開セクハラすな！」

「ええやんええやん。エアやで」

「ぶっ殺すぞ」

つぐみぼんぼんぴょん丸がいった。

蛇足が大笑いしたことで笑えるものだと制作側にみなされたのか、四人のやりとりはそのまま放送された。

カットせずそのまま流したテレビ局も滝場の言動を批判するのではなくおもしろエピソードのようにネット記事にしたメディアもライターも巻き込んで、放送翌日の朝に炎上した。

「冗談もわからないのかよ。下ネタは深夜番組の醍醐味《だいごみ》だろ」「理由はどうあれ『ぶっ殺す』とかいっちゃいけませんね。女性なんだからもう少しおしとやかな言葉使いましょう」とかいうやばいひとがたくさんいた。

蛇足のツッコミが結果的には注意のかたちをしていたことと、なにより芸人同士の話だということで二日ほどしか話題にならなかった。滝場の今後の出演予定が取り消しになったりCMを降板になったりするほどのものだとはみなされなかった。

でもそれがいいのかもしれない、と思う俺がいた。騒ぎになって結局いちばんひどいことをいわれるのは女性のつぐみぼんぼんぴょん丸だった。悔しかった。

「悔しいわ」

と俺は彩花にいった。

「ほんまにな」

「でもあいつにどうにかなってほしいわけでもない。あいつがそもそもあんなこといわへんかったらよかった」

雨の切れ間の蒸した空気が喉に貼りついてくる。

「ほんまにな！」

彩花がスピードを上げて、砂利が星座みたいに飛び散った。俺と彩花は実家近くを走っていた。

ホテルの撤去作業が終わったあと俺はクビになった。すべての従業員を別業務に異動させるほどの余裕は会社にはなかった。俺は無職で、でもこの時期俺だけが困っているわけじゃないということがねじれた安心感になって俺は、しばらく退職金を食い潰しながら人生をゆっくりさせようと思っていた。彩花は大学の同級生と共同経営していた飲食店を、だいぶ厳しいけど開けたら開けたで気ぃ張って擦り減りそうやし、と秋ごろまで休業にしている。

俺はいまを見たくなかった。刹那的に長期的なまなざしを作ることで心をはぐらかしていた。過去だって未来だって見たくない。本当はなにも見たくない。俺はどこにも存在していたくなかった。

でも馬場リッチバルコニーのふたりが俺を時間の流れに連れ戻すように現れた。

その日俺はひとりで走っていた。レインコートを打つ雨の音は俺の輪郭をぴったり世界にするみたいで落ち着いた。通っていた高校までの坂道が走るのにちょうどきつくてよかった。俺は思い出すのがつらいといいながら、それは思い出があるからだということに甘えるように雨と傾斜を浴び続けた。途中にはダビデ公園の跡地があった。

なにかにされる予定で潰された。開発計画も公園の解体工事も途中で頓挫《とんざ》して、半端にあそび場が残っていた。それはまっさらになくなるよりも無残に見えた。

俺は切断された動物に座って水を飲んだ。色が褪せに褪せていて、からだの上半分がなくて名前がなんなのかもわからない。その近くの、俺らがネタ合わせしていた舞台みたいなベンチはなくなっていた。

「ええええ！　なくなってるやん！」

とつぜん声がして、俺はそれにこたえていた。

「な。おれも最初びっくりしたわ。この崩壊加減さあ、むかしの映画のなかの夢とかアニメのなかの精神世界みたいやない？」

「いや、わからんわ。ってなんでふつうにしゃべってんねん」

ユウキくんは笑った。

「驚けや。十年ぶりとかやろ。驚かしたろう思ってそばででっかい声出したのに」

「ふつうにしてる方がユウキくん驚くかなーと思って。ほんまはおれめっちゃびっくりしてるで。ユウキくん、なんでおるん？」

「小説の取材」

「小説？」

「ここを小説に出すねん」

「へえー。よおわからんけど」

「劇場はボクだけ二か月出禁になってしもたから、」

「うわー」

「それしかやることないねん。咲太は？　なんでおるん」

「仕事先潰れたからなんもやることない」

「つらいなあ」

「なんでこんなことなってんねやろうなあ」

「ほんま」

「なんかの拍子で最初からやり直したりできんかなー」

「最初って」

「うーん。人間の誕生とかから。なんか、人間、心とからだが最初から狂ってへん？」

「わかるわー。神えぐいもんな。土から人間作ったんやっけ？」

「そこだけ聞くとだれかの漫才みたいやな」

俺は笑う。

劇場のこと。滝場との漫才のこと。お互いマスクをぼわぼわ膨らませながら近況を報告し合った。

「なんで立ったままなん」

「いや、動物濡れてるし」

「拭いたらええやん」

「あ、ほんまや。なんかぼーっとしとったわ。それこそ、」

夢みたいな？

「あ、横並びで座ろうや。一応」

「そもそもボクと咲太は正面向き合う感じでもないやろ。元から横並びや。そんで正面に滝場。ボクらふたりであいつを見とんねん。まあ向き変えたらどこでも横で正面やけど」

会ってなかった十年がないみたいに話しながら、ユウキくんは俺の隣の、塗装が擦り減ってなんなのかわからない動物に座った。

「なんかユウキくん、とっつきやすくなったなあ。そらファンつくわ」

「ボクらのことチェックしてくれてんの？」

「単独も寄席も何回もいってんねんで。この前もオンラインで観てたわ。あのひどかったやつ」

「うわーー。恥ず！　でもそれ以上にめっちゃうれしいわ。うわー。えマジでうれしいねんけど！　何回くらい観にきてくれたん？」

「えっと、月1とかやから、１００回はいっとるかなあ」

「１００って。え！　なんかめっちゃ救われてるわボクいま。１００公演観にくる咲太やな」

「いや１００日後に死ぬワニと１００しかかかってへんねん」

「あはは！」

　ユウキくんはよっぽどうれしいのか俺の手を両手で握った。

「あ、触ったらあかんねやったな」

「ユウキくんやったら別にええけど」

「てか、きてんねやったらいってや。一回くらい顔見せてや。よお劇場のロビーとかで鉢合わせとかせんかったなあ」

「ほんまやな」

「なんか懐かしいなあ。咲太やなあ」

「なんやねん。ユウキくんは高校んときもっとクールやったやろ」

「あんときはボク、かかっとったからなあ。自分のネタがいちばんおもろいって信じてたし。まあそれはいまもやけど」

「はは。劇場、ときどき彩花ともいっしょに観にいったで」

「彩花ちゃん元気してんの？　滝場は家族のこと話さへんし。つきあってんねやろ？」

「くっついたり離れたりやなあ。なんかベースが友だちって感じやから、会っても会わんくてもだいじょうぶでちょっとさびしいかも」

「へえー。大人っぽいなー」

「そんなことないやろ。そういうユウキくんはどうなん」

「ボクのことは別にええやん。強いていうなら仕事が恋人かな」

「くさ。よお真顔でその台詞いえるなあ」

「どんなネタがおもろいかってこと以外考えたくないわ。聞いてや。劇場とかテレビ局によるんやけど今度からアクリル板なしで漫才やれるようになってん。めっちゃうれしい。それやのにボクは二か月も舞台立たれへん。ひとりだけまた自粛期間や」

ユウキくんは笑った。

「咲太」

「なにい」

「ちょっと愚痴聞いてもらっていい？」

「ぜんぜんええけど」

「愚痴っていうか、ボクの反省」

ユウキくんは雨の音と俺の相づちでリズムを取るように話した。

「馬場リッチバルコニーのネタはボクが書いてんねんけど、」

「うん」

「デビューして最初の二、三年くらいまでは滝場もネタを書いてくることがあってん。高校のときみたいにあいつは自分の生活とか身の回りから着想を得てて、そんなに悪くないネタやってんな」

「うん」

「でも、舞台に定期的に出れるようになったくらいからばったり書いてこおへんようになって、なんか、いまになってその理由がわかった。なんていうか、あいつは、あいつになにかを要請するもの、その企画とかその番組とか、職場とか環境とか社会とかと一体になるんが得意やん。笑いじゃなくてもっとしょおもないことでもこなせてしまうやんか。そういうのの方があいつにとっては楽やねん。無でおってもいいから。ていうか、無である方ができるから」

「うん」

「それでさあ、そんなん続けとったら、あいつがネタの元にできるような生活とかなくなってくねん。あいつをかろうじてあいつたらしめてたあいつの日常が死んでいくねん。てか、ボク、おんなじようなこと高校のときいったよな？　滝場本人に向かって。それ、咲太も聞いてたよな。そんときはそれがベストやと思っててん。なんかあいつ、ボクが書いてきたネタに集中できてへんかったみたいやし。でもいま考えたら、ボクはあいつにひどいことしとってんなあ。どこまで責任感じていいかわからんけど、いまのあいつを作った責任の一端はボクにあるんやと思う」

ユウキくんは、何度も頭のなかで整理してきたように話した。それから、自分にいうみたいにつぶやいた。

「ボクがちゃんと、あいつにとっての世界になれてたらよかったんやけどなあ」

ユウキくんはまた笑った。そのさびしい笑いがいま、ユウキくんを落ち着かせるんだろう。

「おれもや。おれもあいつへの責任がある」

「そうなん？」

「おれは、馬場リッチバルコニーにとり憑きながら、離れていこうとする幽霊」

そういったとき、やってきた風には砂のにおいがまざっていた。

「悲惨やなー」

声がして、振り返ると、滝場が立っていた。

「ぜんぶ潰したったらええのに。なあ?」

斜面になった少し高いところから俺らを見つめていた滝場は、うおっ、と足を滑らせながら下りてきて、俺とユウキくんの向かいに座った。

「十年ぶりやんけ」

と滝場は俺にいった。

ユウキくんに殴られたところが硬くなって、瘡蓋《かさぶた》みたいな色をしている。その反対側、くちびるの右端も腫れていた。それとは別に頬が妙に膨らんでいて、口のなかになにか入れているようだった。手には自撮り棒とマスクを持っている。

「おまえなんでおんねん」

とユウキくん。

「おまえこそなんでやねん。咲太もなんでおんねん」

「おまえらがおるからおるんやんか」

「なんやそれ。ええと、こっちが相方のユウキで、こっちが親友の咲太です。えーこの公園は、もうずいぶん変わってしまいましたが、むかしオレらがネタ合わせに使ってた公園で、馬場リッチバルコニーっていう名前もここで決めました」

滝場は自撮り棒を伸ばし、iPhoneに向かって話しはじめた。

「なんなんそれ」

「ユーチューブの撮影」

「ユーチューブ」

「サブチャンネルを開設するから。それのいっふぁつ目として」

「なんて？　さっきから口のなかになに入れてるわけ」

滝場はべあーんと口を大きく開けた。

なにか透明の大きいものが口のなかにあって、赤い舌とその向こうの喉がゆがんで見える。

「なんやそれ」

「氷？」

「ひんほん。ふぁやかにふぁふられてん」

口を開けたまま滝場がいった。ピンポン。彩花に殴られてん。

「なんでえ」

とユウキくんが聞く。

「ふぁっきひっひゅんふぃっかふおっはらふぁやかほってええ加減にしぃやってふぃはかれてん」

「ええ加減にしぃやだけ明瞭」

「めんどいからちゃんとしゃべれや」

　ちょっと待ってな、と滝場が身振りでいってアゴの骨ごと砕くみたいに氷をたべ、灰色のマスクをつけた。

「だいぶ小さなったわ。ほっぺた痛いから氷入れててん。さっき一瞬実家寄ったら彩花おって、『あんたつぐみちゃんに悪意持ってアレいったやろええ加減にしぃや』って殴られてん」

「おおー」

「おおーってなんやねん。ちょっとはかわいそうに思ってくれや。咲太はオレの友だちやろ。どっちの味方やねん」

「そら彩花の味方やろ。おれは彩花とかつぐみぼんぼんぴょん丸の味方や。そう決めた。おれはタッキーの友だちなんやから、なおさらそうなんや」

　俺はいまはじめて自覚したことを、ずっとそう思ってきたみたいにいえた。俺はおまえの友だちだから、相方じゃないから、俺はおまえと友だちとして離れない。友だちとして、おまえの味方でいない。高校のときから、俺はおまえにこんな風に向き合いたかったのかもしれない。

「ガガーン！」

「そんな持ちギャグないやろ。ギャグとしてもどうやねん。だるいノリすんな。おもんな！　ちゃんとやれや！」

　俺がまくし立てると、ハハッと隣でユウキくんが笑った。

「てか、ユウキも咲太とひさしぶりちゃうん」

「ボクも十年ぶり。さっきけっこう話した。でもあんま、」

「せやな。あんま十年ぶりって感じせえへんよな。漫才のなかでおれの名前出しとるん観とったし」

「あれも観られとったんか恥ずー。記憶から消去してや」

「ムリムリ」

「なんやそれ」

　よっこら、といいながらユウキくんが腰を上げた。

「おっさんか」

「おまえの方がおっさんやろ。ボクちょっとあっちの方おるわ。ホールケーキの滑り台あったんってあっちらへんやんな？」

「そうやけど」

「ボクがおったら話せへんこともあるやろ。あっちで小説書いとるから、終わったら呼んでや」

殴って悪かったな、と滝場にいうとユウキくんは返事も聞かず滑り台があった方へいった。棄てられた工事車両があり、ユウキくんはそれらの隙間に入って見えなくなった。

「なにあいつ小説書いてるん」

「知らんの？」

「ふーん。でもまあユウキが書くやつやからおもろいんやろう」

「ふぅーん」

「メッセージやな」

「え？」

「オレがユウキには話せへん馬場リッチのことを咲太に話して解決しろやっていうことやろ」

「あー。そうなんや」

「でもオレら問題なんてある？」

「いやいや。おまえは問題だらけやろ。彩花にもいわれたやろうけど、この前のテレビのあれなんなん。つぐみぼんぼんぴょん丸にいったあれ」

「あれなあ。まさか放送に使われるとは思ってなかったわ」

「おまえあやまったんかよ」

「え？」

「つぐみぼんぼんぴょん丸に」

「どうやろ。あやまってへんわ」

「あやまれよ」

「うん」

「いまや」

「いま？」

「いま」

「……」

謝りたいんやけど
滝場がつぐみぼんぼんぴょん丸にメッセージを送るとすぐに、
へえ
と返信がきた。

電話していい？

ええけど
……

通話をかけ、不安を数え上げるような着信音が滝場の耳から漏れてくる。

……

……

……

滝場がつぐみぼんぼんぴょん丸に謝って、そのあと俺はなにをいえるだろう。彼女が通話に出なかったら、俺はなにをいえるだろう。着信音の数十秒が途方もない。

滝場は梅雨がダメだった。小学校高学年くらいから高二まで毎年の雨の日、きまって学校に遅刻する滝場につきそうのが俺の役目だった……

でももちろん梅雨のせいじゃない。おまえがおまえを作っていくあのときに俺もいた。

だいじょうぶか？　と何度か聞いた。

ｉＰｈｏｎｅを右耳にあてながら滝場は、空いてる方の手を左のこめかみにあて、爪を食い込ませていた。

「あ、もしもし。急にごめん。忙しいとこごめんな。馬場リッチの滝場ですけど。いま時間だいじょうぶ？　いやフリとちゃうねん。つぐみがそれやったら話がややこしなるやろ。あのさあ、〈とるにたらんＴＶ〉でオレ、セクハラみたいなこといったやん。いや、うん。そうです。『みたいな』じゃなくてあれはそうです。そう、それをあやまりたくってな。いやちゃうちゃう、なんの企画でもなくてプライベートで。ガチでやから。信じてや。いうで？ごめんなさい。反省します。え、もっかい？　ごめんなさい。ごめんな。あ、うん、反省はするし、あの騒ぎでさあ、つぐみの方がひどいこと書き込まれとったやん。オレらを使って憂さ晴らししたいだけみたいなやつ。あれ見てふつうにオレ悲しくって。だれが悲しんでんねんって話やけど。オレも気ぃつけるわ今後。それだけいいたくて。うん、それだけ。ごめんな時間取って。うん。せやな。うん。じゃあ。またな。はい。はーい」

通話を終えると、ため息をついてから滝場がいった。

「あやまったわ」

「ほんまに反省してる？」

「え？」

「いまのもなんか、反省するノリをくみ取っただけとちゃう？　おれとつぐみぼんぼんぴょん丸があやまることをおまえに求めたからあやまっただけとちゃう？　おまえが自分の意志であやまったわけじゃなくない？」

「……わからん、そうかもしれん。意地悪なこというねんな咲太。てか、おまえはなんか変わったな。むかしとかおまえの方が主体性ないみたいやったけど」

「おれのことはええねん。いや、ええことないんか。せやな。だっておまえは、おまえを作ったおれらは、おれは、自分に悪意があるんかどうかさえわかってなかったもんな。これはおれらの問題やわ」

「そうなんか？」

「うん」

いいながら俺は、もういっしょに反省をすることくらいでしか滝場と繋がれないのかもしれないと感じた。その自分に気づかないようにするのはむずかしくて、でもこれはいまだから思うだけ、時間が経ったら俺らも変わるしいつかだいじょうぶになるかもしれない、と強がった。

「なに終わったみたいな顔してんねん。あやまったらゴールとちゃうやろ。むしろこっからスタートやろ」

「なにがスタートなん」

「おれらが。高校んときとかさあ、楽しかったやん。めっちゃ楽しかったやん。でもその楽しい時間のなかでおまえ、先生とか同級生のことハゲとかデブとかいじっとったやん。それにキレた子のこと嘲笑しとったやん。おれも、おまえのこと見とっただけやしな。あのころ、楽しかったけどあかんかってん。思い出すときにさ、むかしのことなんか書き換えてしまいたいわ。でももうあかんねん。ぜんぶ起こってしまっとるねん。おれらはあかんかってん」

俺は、こんな当たり前のことがいえてうれしかった。

滝場はマスクの上から口を触った。淡々と俺に話した。

「たしかに学校でああいうことすんのはよくなかったな。でもテレビでやったら需要あるやろ。見た目いじりで笑ってるひともめっちゃおるやん。てか、笑ってるひとの方が多いやろ」

「いまはそうかもしれんけどこれからはそうじゃなくなっていくやろ。仕事で笑いをやってるんやったら、見た目とかで笑うひとがこれから少なくなってくことくらいわかっとけや。いままでの笑いずっと続けてたら未来ないやろ」

「いうてることはわかるけど、そういうの徹底して『傷つけない笑い』とかいわれても別にうれしくないやろ。傷つきを排除してるっていうとこしか世間は見てくれへんやん。おもろいかおもろくないかだけがすべてやのにこいつらは『傷つけない笑いをしてるからすばらしい』とかいわれたら白けるやろ。おもろい以外いらんねん」

「しゃあないやろそういう倫理観の変わってく時期なんやから」

「ハッ。しゃあないとか仕方ないとか咲太けっこういうよな」

「おまえもやんけ。なんかをあきらめることに順応しておれらふたりともダサいねん。それにおれは、おまえらのネタちゃんと見てるわ。ユウキくんが書いたネタおもろいやんけ。ネタと平場からきつめの言葉とかいじり笑いを取り除いたところでおもろいことには変わらんやろうが。おもろい以外いらんねん。おまえらの笑いをさあ、外野によごされたくないんやったら変な意地を張るなや。傷つけるとか傷つけないとかおまえどうでもいいやろ。笑えるかどうかにしか興味ないやろ。せやったら『傷つけない笑い』とかを前提にしてもうたらいいやん。早くそれやって早くみんながそれを当たり前やと思うようになったらわざわざ言及されることもなくなるやん」

「それは、そうやな。いや、そうなんか？　いうてることはわかるけど、そんなん、後出しやん。でも、そうか。そうやんな。なんかもやもやするけどおまえにとってはそうなんやから、それはそうやな」

「なんやねん煮え切らんな一周まわって素直か！」

「はは」

「あーでもおれ、変にツッコミにしてしまわへん方がよかったわ。なんかさあ、意外なことに対しての反射的なツッコミやったやろいまの」

「せやな？　まあ」

「その意外なことのラインが変わってきてるやんか。あるひとにとって意外なものが別のひとにとっては意外じゃない当たり前のもんやったりするやん。それはアイデンティティやったり生まれつきのもんやったり。せやから自分が思う意外さを基準にツッコんだりしてたらそれが時代遅れになったときにひとを傷つけるものに変わってしまうやん。そういう当たり前にやっと人類が気づきはじめたところやん。だからおれは、なんやろう、瞬間的にツッコみながら、でもその瞬間のなかで何度も何度も自分自身と相手と社会のことを熟考せなあかんねや。砂粒みたいな時間を頭んなかで海にまで広げんねん。いや、おれはっていうかおまえがな」

「咲太なんやねん、さっきからうるさいお笑いファンみたいやん。オレなんかうれしいねんけど〜」

「茶化すな」

「てかさあー、いまはじめてピンときたんやけど、オレらトリオ組んだらええやん。咲太とユウキ、なんだかんだええ感じで合うし合わへんやろ。トリオの漫才ってどうしてもメタになりがちやんか。漫才についての漫才とか逆手に取るようなやつとか。そういうんじゃなくてオレらは三人ともがボケもツッコミもしてわけわからんくなんねん。だれがだれかわからんくらいぐるぐる溶け合って笑いそのものになんねん。ネタ、咲太とまたやりたいなあー。そういえばさ！　高二のとき、アジサイの解散に頷いてないからなオレ」

滝場はめっちゃうれしそうにいう。

俺はむかついたから、滝場がむかつくようなことをいった。

「おれ無理。笑い取るんとか無理や。けっこう自粛期間中に配信とか観てて、ふつうに笑ったんもあったしふつうに嫌やったんもあった。ネタとはまたちがう話かもやけど、なんかさあ、あるノリが生まれたら繰り返されるやん。それがおれ、苦しいかも。笑いを職業にしたらたぶんなにが起きても楽しむことしか許されへんのんちゃうかなって思ってしまう。世間に共有可能なものを笑えるものって雰囲気に加工して場をひたすらやりすごす、みたいな。それが本当に笑えるものかどうかはけっこうどうでもええんとちゃうかな」

「なんなんおまえ」

滝場は笑う。試すように俺は言い続けてみた。

「おれいま無職やんか。無職やねん。いま無職で、けっこう気分的には自由やねん。世界ではコロナによる死者が五十万人を超えたってニュースでいってた。それやのにおれは生きてて、なんかもうおれは、世界ともだれとも繋がらんと、おれ自身にだけ閉じこもって束の間の自分本位の平穏を引き延ばしたいんかも。しばらくどこにも属したりしたくない。疲れてんねん」

「疲れてる。疲れてルイボスティー!」

他にどうしたらいいかわからない子どもみたいに滝場がギャグをする。俺は笑うこともツッコむこともしなかった。

「やばいひとら多いやん。芸人になったらやばいひとらの目に晒されるやん。そういうのほんまめんどいやん。笑いがしんどいみたいなだれかの言い分にさあ、これでいままでやってきたんやから文句いうな素人が口出すなとかいうやんか。なにに対しても文句いうなっていうやんか。虐げられてる側のひとらに対して権利を主張するなっていうやんか。みんな苦しいのになんでおまえらだけ優遇せなあかんねんって。それってさあ、とがってるふりしてすごい体制に順応的やんか。とがってるふりして権力に媚びてるだけやんか。そういうアウトローっていう幻想。アウトローっていう現実逃避。アウトローっていう予定調和、くそダサいやん。くっそおもんないやん」

「おもろないないないないないナイジェリア」

「……」

「ツッコんでくれや!」

「痛々しい」

「なんの話なん。これはオレらの話やろ？」

「せやから、これはおれらの話やんけ」

でも俺はだれになにをぶつけたいのかわからなかった。怒りに変わっていこうとする憂鬱だけがあった。俺のからだに閉じ込めておくのはもう疲れた。発散できる相手に発散したかった。滝場に聞いてほしかった。

「おまえもずっとわかってるやろ。おまえがおもしろくないこと」

俺がそういうと、滝場の口のなかでなにかが折れる音がした。

氷だ、と思った。でも歯を歯で砕いたり、滝場ならありえた。

俺は一気に同情しそうになって、その心のふり幅で、おまえにストレスをかける言葉をいった。俺はおまえといっしょに、俺らのどうしようもなさを突破したかった。

「甘えてるだけやろ。そうやっておまえはさ、ちゃんとした言葉が出てこんから自分と他人に暴力を向けてしまうだけやん。そうやってさっきから痛々しいことをしてさ、ひかれたいんやろ。こわがらせたいし、同情されたいんやろ。おまえがやってることはさ、結局どこまでいっても問題をはぐらかして逃げてるだけやねん」

一瞬、滝場は、穴になったような目で俺を見た。

視界の一部が滲んでいく。じんわりと滝場のマスクが内側から血に染まっていった。

「平気や」

と滝場がいった。

俺から心配の言葉が出てくるのを制するように。

「ぜんぶ」

がしゃがしゃの、砂の袋のなかに喉をぶち入れたような声。

「ぜんぶおもんないねん」

そういうと滝場は、震えた声で続けた。

「ユウキがどんだけおもろいネタ書いてきても一部のひとにしか理解されへんやん。それよりもくそみたいなやりとりの方がウケた。くそみたいなやりとりでオレは売れることができた。売れることは安心やった。おもろいとかっていうふわふわしたもんよりも、お金っていう目に見えるものを導いてくれるから売れることはオレにとって安心なんやって思ってた。ウケることはオレの不安を和らげてくれた。高校のとき、おまえらがいってくれたやん。オレはカラッポなんやって。そんなんオレがいちばんわかってた。笑い声がオレを満たしてくれると思ってた。ファンの数とかお金の量が。でもあかんねん、オレ、おまえと話してるとつらいねん。高二のあんとき、オレら三人が公園でネタ合わせしとったときのオレがオレのこと見てくんねん。おまえ、オレが思ってたよりダサなったなあって、オレにいってくんねん」

「おまえ、泣いてんのか」

「うっさい。これは雨や。プロになってからな、オレ、もう長いことネタ書いてないねん。なんやろ、書くのがこわいねん。書いたらさあ、オレがオレのなかから出てきてしまいそうで。ほんまのオレが、ほんまにおもんないやつやったらどうしようって」

「だいじょうぶやろ」

俺はいった。

「ユウキくんがおるしおれがおるやんけ」

「あっはは！」

滝場は笑って、なにかが吹っ切れたみたいだった。

「よしじゃあなんか書いてみようかなー」

「いま？」

「いま。できるまで咲太、ここにおってくれへん？」

滝場は動物に座って傘をさしたまま、一時間ほどｉＰｈｏｎｅに文字を打ち込んだ。少し書くごとにうつむいてはため息をついた。

「だいじょうぶとちゃうわ」

遠くのなにかにこたえるように滝場はいった。

弱音を吐けてうれしそうだった。俺もうれしかった。

雨は淡々と降り続けた。虚ろな風景の向こうから、傘をさしたユウキくんがスキップでやってきた。

「えらいごきげんやん」

俺は聞いた。

「突破口が見つかってん。風景や風景。風景を考えた。当たり前のことが大事なんや。咲太も考えてくれ」

とかいわれても俺は、風景……木も土も遊具も、目に見えているだけ。大人になった俺の視界には疲労感ばかり溜まっていた。

「心細さ。心細さが風景に破れ目を作るねん。この二、三か月、ボクは心がまいってた。脳がぐうううってなるんや。いろんなこと起こりすぎて記憶がうまく働かんかった。不安やった。でも雨は降った。いまが梅雨やって教えてくれる。植物も、伸びて、咲いて、枯れて、その姿でいまを教えてくれる。ボクがどこにいるかを。どこで生きているかを。でもボクはいまがつらいねん。そのことを、どうしたらええんやろうって考えとった。小説は別の時間を書ける、それはけっこう心を楽にしてくれるけど、でもこの目にはいまが見えてる。それが嫌やった。つらかった。いっそ、別の世界にいって、ここことは別の時間以外目にうつらへんようになればいいのにって、さっき向こうで考えてた。そしたら空から落ちてきてん。一瞬、手ぇやと思ってビビったけど、明るい緑色のモミジの葉っぱやった。モミジっていう名前につられて、ボクのなかには、ああモミジやって思った瞬間には、もう、秋があった。そういうことやねん」

「いやいや。わからんわ急に。どういうことやねん」

「だからあ、葉っぱは、木は、風景は、未来をあらかじめ持ってるわけ」

「うーん？　もうひと声」

「おまえかて、たとえば今日みたいな雨見とったら、去年の梅雨とか来年の梅雨とか考えたりするやろ」

「ああ。まあ、それは。そんなこともあったなあって感じ」

「それでええねん」

「ええねんて、だからなにが」

「つらくてええねん。不安でええねん。風景のなかには未来があって、もうやってきてんねん。見えへんくても、それはにおいやったり、触り心地やったりもするやろう」

「さっきからずっと、わかるようなわからんようなやで？」

「はは。まあいつかわかるわ。ひとの考えることなんて持ち回っとんねん。だぁれも、思いつくタイミングがちがうだけや。てか、おまえらずっとここにおったん？」

「うん」

「ふぅーん。滝場どないしたんそれ」

ユウキくんは話に乗ってこない滝場を見て、自分の口元を指さした。滝場のマスクは呼吸で血が半端にかたまらず湿っていた。

滝場は返事しない。

「え、無視？」

「いや」

と俺。

「なんや集中してなに書いとん？」

ユウキくんは滝場の前に立ってｉＰｈｏｎｅを覗き込んだ。ぐーっと顔を画面に近づけて、傾いた傘がふたつもつれ合うように重なる。

「なんやネタか。っておまえネタ書いとんか……。なにこれ」

「どないしたん？」

俺が聞くと、ユウキくんは振り返ってうれしそうな目を見せた。

「どないしたん？」

もう一度聞いたとき、ううあああ、と滝場が大きな伸びをして、勢いで傘を上に放り投げた。ユウキくんの傘もいっしょに飛んでいった。俺は、この景色をいつまでも覚えていたいと思った。

「つめたっ！」

「できたーー」

「ネタが？」

「ひさしぶりにこんな文字書いてクラクラするわ」

「てかさあさっき見たけど、三人用のネタやんそれ」

「咲太にはいったんやけどな、やっぱトリオかなあって」

「ええ？」

とユウキくん。

「それ、ボクも思っとってんけど」

「マジで！」

たまらなさそうに滝場がいった。

「どうよ咲太。ユウキもこういうてんで」

「あほか。おれもう二十七やぞ」

「ぜんぜんいけるやろ。歳取ってから養成所入るひとだっておるし、三人でオーディション受けたっていいし」

「馬場リッチバルコニーはどうすんねん」

「さあ」

「さあって」

「どうにかなるやろ」

「八年もやってきたもんな」

「高校んとき入れたら十年やん」

「あー長かった」

「いろいろあったなあ」

「あ、雨やんだやん。トリオの話したら晴れてきたで咲太」

「タイミングええな！」

と俺は反り返って空に向かって叫んだ。

「ばっちりかよ」

「おまえも空もノリノリやん」

「空入れて四人にする？」

「いや空入れるってなんやねん！」

「どーもー〇〇ですー。ボクがユウキで、こいつが滝場でこいつが咲太でこいつが空で」

「それ屋外でしかできんやんけ！」

「屋外でしかできませんねえいうてやってますけど」

「進めんな！」

「ジョウチョ！」

「芍薬くださいナシゴレン！」

「いやおれだけギャグないねん！　芸人とちゃうねん」

「晴れたしいまからネタ合わせしよや」

「オレらたったいま結成したばっかりでねー」

「結成してへんねん！」

「ボクと滝場はね、元々、馬場リッチバルコニーっていうコンビで、おっれーらーはだいじょーぶってギャグで滝場が売れかけてるんですけど、ぜんぜんだいじょうぶやなかったんですよー」

「まあなー。オレはあきらめによって前を向くことができてんな。あきらめによって、だいじょうぶやって思ってたし、あきらめによって、前を向くしかできんかってんな」

「急に重たい！」

「重た犬！」

「雑！　そうやってすべってウケる方に逃げんな！」

「重た犬が歩くところ畑ができて助かるー」

「だから進めんなって！　重た犬重たすぎて畝《うね》できてるやん！　犬を正面から見たかたちの畝やん！　かわいい！　ただの素敵な畑やん！」

「なんかふつうに重た犬ほしなってきたわ」

「素朴！　素朴としかいいようのないやさしい世界！　の片隅でおれは……」

「続きなんやねん！　フェードアウトでバトンタッチすな！　むかしの洋楽……」

「余韻しつこいわ！　しつこいしつこいしつこいフワンワンワンワン……」

「それはエコー！　エコーかけるな！」

「いや重た犬の鳴き声や」

「なんかふつうに重た犬ほしなってきたわ」

「素朴！　素朴としかいいようのないやさしい世界！　の片隅でおれは……」

「続きなんやねん！　フェードアウトでバトンタッチすな！　むかしの洋楽……」

「余韻しつこいわ！　しつこいしつこいしつこいフワンワンワンワン……」

「それはエコー！　エコーかけるな！」

「いや重た犬の鳴き声や」

「デジャヴュ！」

「デジャヴュ！」

「デジャヴュ！」

「……」

「三人ともいったらだれがツッコむねん」

「デジャヴュはデジャヴュせんでええねん」

「厳密にはデジャヴュとちゃうやろ」

「ツッコミが重複しとるやないか」

「実際は一度も体験してへんのに、体験したことがあるみたいな気がする現象」

「デジャヴュの説明すんのかい」

「ほんまに一度も体験してへん？」

「おまえは？」

「楽しいなあ」

「素朴！」

「ほんま。楽しいな」

「いやおれも楽しいわ！」

「わーわーいうてますけど」

「あのさあ今日はボクらちょっとやってみたいことがあって」

「なに？」

「オレらのあたらしい名前を決めたいんやけど、ちょっとつきあってくれへん？」

「いやもうこんなん断りにくいやんけ。もうええわ」

装丁　佐々木俊（ＡＹＯＮＤ）
装画　牛木匡憲

初出　「文藝」二〇二〇年冬季号

＊本文40ページ1行〜6行における文字の印刷濃度の変化は、著者の創作意図によるもので、印刷過程における不具合ではありません。

大前粟生（おおまえ・あお）
1992年兵庫県生まれ。京都市在住。2016年、「彼女をバスタブにいれて燃やす」が「GRANTA JAPAN with 早稲田文学」公募プロジェクト最優秀作に選出され小説家デビュー。
著書に『のけものどもの』（惑星と口笛ブックス）、『回転草』『私と鰐と妹の部屋』（ともに書肆侃侃房）、『ぬいぐるみとしゃべる人はやさしい』（河出書房新社）、『岩とからあげをまちがえる』（ミシマ社）。

おもろい以外いらんねん

2021年1月20日初版印刷
2021年1月30日初版発行

著　者　大前粟生
発行者　小野寺優
発行所　株式会社河出書房新社
〒151-0051 東京都渋谷区千駄ヶ谷2-32-2
電話 03-3404-1201（営業）
03-3404-8611（編集）
http://www.kawade.co.jp/

組　版　KAWADE DTP WORKS
印　刷　株式会社亨有堂印刷所
製　本　小泉製本株式会社

Printed in Japan
ISBN978-4-309-02940-5

ぬいぐるみとしゃべる人はやさしい

大前粟生

僕もみんなみたいに恋愛を楽しめたらいいのに。大学二年生の七森は〝男らしさ〟〝女らしさ〟のノリが苦手。こわがらせず、侵害せず、誰かと繋がれるのかな？ポップで繊細な感性光る小説四篇。

推し、燃ゆ

宇佐見りん

逃避でも依存でもない、推しは私の背骨だ。アイドル上野真幸を〝解釈〟することに心血を注ぐあかり。ある日突然、推しがファンを殴って炎上し――。デビュー作『かか』が三島賞受賞の二一歳、圧巻の第二作。

破局

遠野遥

私を阻むものは、私自身にほかならない——ラグビー、筋トレ、恋とセックス。ふたりの女を行き来する、いびつなキャンパスライフ。二八歳の鬼才が放つ、新時代の虚無。第一六三回芥川賞受賞作。